Adalbert Seipolt

Und es nickte der kopflose Bischof

Adalbert Seipolt

Und es nickte der kopflose Bischof

Illustriert von Placidus Heider

echter

Gewidmet Josef Dirnbeck,
der mich zu diesem Buche »angestiftet« hat.

Die Deutsche Bibliothek – CIP-Einheitsaufnahme

Seipolt, Adalbert:
Und es nickte der kopflose Bischof / Adalbert Seipolt. –
3. Aufl., 21.–22. Tsd. – Würzburg : Echter, 1995
ISBN 3-429-01156-6

Mitglied der Verlagsgruppe »engagement«

3. Aufl. 1995, 21.–22. Tsd.

Schutzumschlag: Placidus Heider
Gesamtherstellung: Echter Würzburg
Fränkische Gesellschaftsdruckerei und Verlag GmbH
ISBN 3-429-01156-6

Der Himmel stand kopf.

Was war daran schuld?

Eine Nachricht, die angeblich Sankt Peter selber ausgeplaudert hatte: es wolle jemand ins irdische Leben zurück.

Die paradiesische Gerüchteküche dampfte.

»Unglaublich! Lächerlich! Geradezu frivol!« ertönte es in sämtlichen toten und lebendigen Sprachen, die im Jenseits zugelassen sind. Vom frisch eingetroffenen Verkehrsopfer bis zum unverfrorensten Eisheiligen waren sich alle Himmelsbürger einig: Nur ausgemachte Narren konnte es nach dem irdischen »Leben« gelüsten. Jawohl, Leben in Anführungszeichen; denn neben der Fülle ihres jetzigen Lebens nahm sich ihr früheres doch recht erbärmlich aus, dieser unerquickliche Schlamassel von Nichtigkeiten und Wichtigkeiten, von Versuchungen und Verseuchungen, von Liebschaften und Feindschaften.

Doch es dauerte nicht lange, und zur ersten Sensationsmeldung gesellte sich eine zweite: unter den Rückreisewilligen sei ein Bischof von Paris; er werde sich in einer Konferenz den Fragen der Presse stellen.

Ein Bischof von Paris? Das klang ja immer lustiger. Und gar noch Presse! Seit wann gab es im Himmel eine

Presse? Hatten denn überhaupt genügend Journalisten den Weg hier herauf gefunden?
Das sollte sich gleich zeigen. Als der Bischof auf standesgemäßer Weihrauchwolke erschien, umschwärmten ihn sofort höchst respektlos tausende flatterhafter Seelen und japsten wie Jagdhunde vor einem Kesseltreiben. Das mußten wohl Journalisten und Reporter sein. Sie überschütteten den Bischof mit Fragen. Wir müssen uns, damit die Einleitung nicht zu einem ganzen Buch ausartet, auf die wichtigsten beschränken.
Der Bischof – es war der heilige Dionysius, der im dritten Jahrhundert den Martertod erlitten hatte – antwortete auf alles mit souveräner Gelassenheit. Vorab erklärte er, daß es sich bei der bewußten Nachricht weder um den Aprilscherz eines vorwitzigen Engels noch um einen Desinformationsversuch des bösen Feindes, sondern um eine Tatsachenmeldung handle. Sankt Peter habe ihm mit allerhöchstem Einverständnis die Ausreise auf die Erde bewilligt.
»Gedenken Sie allein zu reisen?«
»Keineswegs, ich hoffe auf die Begleitung meiner Kolleginnen und Kollegen.«
»Aus dem Bischofsamt?«
»Kolleginnen?« Der Bischof lächelte apart und sagte: »Da müssen wir wohl noch ein Weilchen warten. Nein, ich meinte die Kolleginnen und Kollegen aus der Vereinigung der Vierzehn Nothelfer, der anzugehören ich die Ehre habe.«
»Und Sie glauben, die schließen sich so ohne weiteres Ihrem makabren Reisewunsch an?«
»Ich erwarte es. Drei dienten lange genug beim Militär: Georg, Eustach und Achaz; denen steckt der Gehorsam im Blut. Bei unseren drei Damen: Katharina, Margareta und Barbara, hoffe ich auf die Mithilfe geschlechtsspezi-

fischer Neugier. Veit ist jung genug, um Abwechslung zu schätzen, Cyriak, unser Diakon, greift nach jeder Chance, um sich zu profilieren. Doktor Pantaleon kann sich als Vereinsarzt nicht ausschließen. Christophorus hat nie ein Risiko gescheut. Meine bischöflichen Freunde Erasmus und Blasius lassen mich kaum mit lauter Laien allein, und unser braver Ägidius zockelt automatisch hinter uns her, wenn wir dreizehn ihm vorangehen.«

»Wie gedenken Sie die Erde zu erreichen? Springen Sie mit Fallschirmen ab oder chartern Sie die Weltraumfähre?«

»Über den Transport beraten wir noch im vertraulichen Kreis. Vielleicht fällt uns etwas Überraschendes ein.«

»Welches ist das Zielgebiet der geplanten Operation?«

»Raten Sie mal!«

»Der Vatikan. Dort wird man die Ankunft himmlischer Nothelfer sicher begrüßen.«

»Sind Sie da sicher? Ich fürchte, wir stehen bei der Kurie nicht besonders hoch im Kurs. Hätte man sonst vor einigen Jahren versucht, unsere Feste zu beschneiden? Ein Erscheinen unserer Vereinigung auf dem Petersplatz könnte daher – wie sagt man heute? – zu Irritationen führen. Und solche auszuräumen, dauert hinter den Mauern des Vatikans meist ziemlich lange. Viel Zeit haben wir aber nicht.«

»Wenn Sie nicht im Vatikan landen, wo dann?«

»In Deutschland, genau gesagt, in Vierzehnheiligen, der berühmtesten Stätte unserer Verehrung.«

»In Deutschland? Exzellenz, wollen Sie den angeschlagenen Ruf der Deutschen aufbessern durch einen himmlischen Staatsbesuch? Fürchten Sie nicht, daß einer unserer lebenden Kollegen nach braunen Flecken auf Ihrem Heiligenschein schnüffelt?«

»Er schnüffle in Frieden«, sagte Dionys. »Als französischer Nationalheiliger dürfte ich wohl als unverdächtig gelten. Von unseren drei Offizieren wurde keiner zum Patron der Wehrmacht befördert. Auch gehörte keiner der nordischen Rasse an. Es kommt übrigens nicht darauf an, den Ruf der Deutschen aufzufrischen, sondern unseren eigenen.«

»Wie soll man das verstehen, Exzellenz?«

»Vorläufig gar nicht.« Der Bischof legte seinen verklärten Zeigefinger auf den verklärten Mund. »Diesmal müssen Sie leider auf jeden Informationsvorsprung verzichten. Nur eines verrate ich Ihnen noch: Es handelt sich um keinen Staatsbesuch, wie vorhin vermutet wurde, sondern ...«

»Um einen Betriebsausflug!«

»Sagen wir: um einen Arbeitsbesuch. Man wird uns daher kaum mit rotem Teppich, Ehrenformation und Nationalhymne empfangen.«

»Es wäre auch schwierig, in diesem Falle zu entscheiden, was man spielen soll: die ›Marseillaise‹ oder ›Hier liegt vor deiner Majestät‹«, bemerkte der Chefredakteur des »Liebfrauenboten« selig und weckte damit heiteres Frohlocken.

»Und in welchem Aufzug wollen Sie reisen, Exzellenz? Doch sicherlich mit dem verklärten Körper.«

»Nein. Wir würden zu sehr Aufsehen erregen. Außerdem wäre es nicht statthaft. Der Zustand des verklärten Körpers unterliegt absoluter Geheimhaltung bis zum Jüngsten Tag. Wir müssen uns in eine sterbliche Hülle zwängen.«

»Bedenken Sie auch, was Sie dabei riskieren? Sie wollen zurück in eine dieser mit morschem Fleisch durchwachsenen und mit schlaffer Haut überzogenen, der Schwerkraft unterworfenen Knochenkonstruktionen, mit all ihren Magenbeschwerden, Hustenreizen und häßlichen Pickeln?«

»Einen Tag lang hoffen wir das auszuhalten. Ich plane übrigens, jene elegante Kleidung für unsere Reise zu erbitten, die wir auf dem Nothelferaltar in Vierzehnheiligen tragen.«

»Sie selber auch?«

»Warum nicht?«

»Aber da müssen Sie ja in geköpftem Zustand reisen ...«

»Sie meinen so, nicht wahr?« Und plötzlich stand er leibhaftig vor ihnen, wie er seit Jahrhunderten dargestellt wird: mit dem abgeschlagenen Haupt in der Hand. Als Kephalophore, wie der Fachausdruck dafür heißt. Erschrocken flatterten die Journalistenseelen auseinander, nur der Chef des »Liebfrauenboten« selig fragte: »Das haben Sie wirklich vor, Exzellenz?«

Und es nickte der kopflose Bischof. Und gab den Startschuß für unsere Geschichte.

Es ritten drei Reiter durch einen waschechten deutschen Wald, wie er bald nur noch im Bilderbuch bewundert werden kann: mit Eichen, Buchen und Ulmen. Genaugenommen ritten nur zwei; der dritte keuchte hinter ihnen her. Ihm wendet sich unsere Neugier und unser Mitleid zu. Was für eine Ausrüstung er mitschleppen mußte! Einen Brustharnisch und den Panzerschurz, den mit dicken Nägeln bestückten Buckelschild und ein Schwert, wie es kein Opernsiegfried mehr zu schwingen vermag, so groß und schwer war es. Dabei war der Ritter zu Fuß nicht mehr der Jüngste, wie der angeschimmelte Bart und die tiefen Furchen des Gesichts verrieten. Schwitzend wie ein bayerischer Politiker bei seiner Aschermittwochspredigt, versuchte er mit den Kollegen hoch zu Roß mitzuhalten. Wenn sie seinen Wunsch um eine kurze Rast vor lauter Hufgetrappel nicht hörten, griff er nach dem Hifthorn, setzte es an die Lippen und blies aus Leibeskräften hinein. Auf diese Weise brachte er zwar nur einen schnarrenden Ton zuwege, er genügte aber, die enteilten Reiter aufhorchen zu lassen. Sie hielten ihre Pferde an und warteten – Muße genug für uns, sie etwas genauer zu betrachten.

Sie schienen schnurstracks altdeutschen Tafelbildern

im Germanischen Nationalmuseum zu Nürnberg entlaufen zu sein, einen so herrlichen Anblick boten sie. Vor allem der Jüngere mit seiner blonden Lockenpracht, mit seinen stahlblauen Augen und den vom Ritt (oder von einer uns vorläufig noch unbekannten Erregung) geröteten Wangen. Auch an seinem Harnisch war nichts auszusetzen: Von den Halsbergen über den Diechling bis zum Bärlatsch, wie man seinerzeit Kragen, Unterleibsschutz und Schuhwerk zu bezeichnen pflegte, war alles auf Hochglanz poliert, so als ginge es zum Turnier am fürstlichen Hofe. Nur einen Helm mit Visier trug er nicht, sondern eine offene Sturmhaube, die seine Haare lustig flattern ließ. Sein prächtig aufgezäumtes Pferd zu beschreiben, fehlen mir die Fachausdrücke. »Feuriger Rappe« mag genügen. Der Reiter spähte unentwegt nach allen Seiten, die Lanze stoßbereit, ob sich im Waldesdickicht etwas rühre, ein qualmspeiendes Ungetüm vielleicht, an dem er seine Kampfeslust austoben könnte. Doch es zeigte sich keines. Und das enttäuschte ihn. Er war nämlich der Drachentöter Sankt Georg.

Der zweite Reiter – er war älter; sein Kopfhaar und sein Bart waren leicht ergraut – saß auf einem Rotfuchs. Seine Augen schweiften nicht kampflustig umher, sondern waren streng nach vorne gerichtet. Als Waffe führte er eine Armbrust mit sich und ein Schwert, dessen Knauf mit dunklen Rubinen besetzt war, ein Zeichen, daß er einen höheren militärischen Rang besaß als der heilige Georg. Es war Sankt Eustachius oder Eustach, Legat der Legion Flavia Felix unter den Kaisern Trajan und Hadrian, von seinen Kameraden kurz »General« genannt.

Über ihnen kreiste ein riesiger Vogel mit metallisch glänzenden Schwingen. Sankt Georg hatte ein solches

Flügelwesen noch nie gesehen und fragte den General, ob das ein vorsintflutlicher Adler, ein neuzeitlicher Drache oder ein vermummter Engel sei. »Nichts von alledem«, erklärte ihm Sankt Eustach. »Es ist ein Lastensegler. Wenn wir damals dergleichen besessen hätten, wären die vorgeschobenen Stützpunkte in Armenien nicht aufgegeben worden. Ich wüßte nur gern, wer da so freundlich heruntergrüßt. Erkennst du ihn? Deine Augen sind besser als die meinen.«

»Das Gesicht erkenne ich nicht«, sagte Georg, »aber eine ringgeschmückte Hand. Sollten das unsere Bischöfe sein?«

»Möglich. Die schwebten schon immer gern in unerreichbaren Sphären. Was man von uns beiden nicht sagen kann: Freund Achaz hat uns erreicht.«

Freund Achaz – das war ihr Kollege zu Fuß, offiziell Sankt Achatius genannt, einst Zenturio der Illyrischen Legion, die Kaiser Diokletian von der Donaufront nach dem Nahen Osten abkommandiert hatte.

»Nächstenliebe und Kameradschaft scheinen bei euch ziemlich unterentwickelt zu sein«, schimpfte er und wischte sich den Schweiß von Stirn und Nacken.

»Du hättest dir ein Reittier mieten sollen, wenn du selber keines hast«, gab Sankt Georg ungehalten zurück. »Wenigstens ein Maultier.«

»Ich vertrage das Reiten nicht mehr, seit mich dieser verflixte persische Bogenschütze ... Aber Schwamm drüber! Außerdem war ich bei den Pionieren, da ist der kluge Kopf gefordert, nicht der sattelfeste Hintern.«

Die beiden Ritter hoch zu Roß blickten im wörtlichen und übertragenen Sinne auf Achaz hinunter. »Bei den Pionieren, so so!« spöttelten sie.

»Die Eidgenossen nennen sie Genietruppe, daß ihr's nur wißt!«

»Aber kaum, weil du dazugehörst«, sagte der General und ließ ein kurzes militärisches Lachen ertönen.
Von Rechts wegen hätte der Zenturio fluchen müssen, und es rutschte ihm schon ein garstiges Wort auf die Zunge, aber nur der erste Laut, den Rest schluckte er tapfer hinunter. Solche Selbstüberwindung wurde natürlich doppelt belohnt: Erstens flammte um seinen Kopf ein heller Schein auf, zweitens öffnete sich plötzlich der Wald, als würde ein Bühnenvorhang aufgezogen, und gab den Blick in eine Landschaft frei, die jeder Ausländer sofort als deutsch und jeder Deutsche als fränkisch bezeichnet hätte. Womit beide recht haben.
Sankt Georg geriet ins Schwärmen. Mit ausgestreckter Hand wies er auf die Einzelheiten: rote Ziegeldächer im Vordergrund, grüne, bewaldete Hügel jenseits des Tales, gekrönt von einem doppeltürmigen Klosterbau. Der alte General stoppte schließlich die Begeisterung des jungenhaften Reitertribuns. »Langweile die Leser nicht! Zeig uns lieber, wo unser Operationsziel liegt.«
Georg deutete mit der Lanzenspitze auf zwei schlanke, kunstreich verzierte Türme, die über den Wipfeln auftauchten.
»Das ist gottlob nicht mehr weit«, sagte der Pionier.
»Ergo procedamus«, kommandierte Sankt Eustach. »Oder in einer weniger toten Sprache ausgedrückt: Marsch, marsch!«
Einige Minuten später erreichten sie ungesehen Vierzehnheiligen.

Ungesehen war wichtig. Wer sie gesehen hätte, hätte sie womöglich aufgehalten. Nicht einmal im Frankenland begegnet man am hellichten Tage drei leibhaftigen Rittern in mittelalterlicher Rüstung, die in der römischen Kaiserzeit den Martertod erlitten hatten. Pflichtbewußte Polizisten hätten sie nach dem fälschungssicheren Personalausweis gefragt. Was – außer ihren verrosteten Waffen – hätten sie vorweisen können? Hätte ihnen irgendein deutscher Ordnungshüter geglaubt, daß sie der heilige Georg, Eustach und Achaz seien? Nie und nimmer.

Zenturio Achaz rieb sich verwundert die Augen. Das sollte Vierzehnheiligen sein? »Vor fünfhundert Jahren stand hier eine kleine Holzkapelle, zum Gedenken an unsere Erscheinung. Ich sehe aber keine mehr. Was ist mit ihr passiert?«

»Verfault, verbrannt, verheizt – was weiß ich?« erwiderte der General. »Wahrscheinlich konnte sie die Wallfahrermassen nicht mehr fassen, die zu unserer Verehrung nach Vierzehnheiligen strömten. Und darum wurde später diese gewaltige Kirche gebaut. Machen wir uns auf einen großartigen Empfang gefaßt.«

Georg schlug vor, sich vorher standesgemäß herzurichten, verstaubt und verschwitzt, wie sie seien.

»Verschwitzt?« fragte Achaz, leicht höhnisch, zurück. »Verschwitzt bin nur ich, ihr seid schlimmstenfalls verstaubt und vom Winde zerzaust. Für Eustach und mich wäre das standesgemäße Herrichten sowieso eine überflüssige Prozedur. Wem fliegen denn die Grußworte, Süßigkeiten und Mädchenherzen zu? Doch nur dir, dem Drachentöter!«

Doch auf dem kurzen Weg zur Kirche flogen weder Grußworte noch Süßigkeiten, noch Mädchenherzen dem Drachentöter zu. Still und verlassen wie ein Friedhof wirkte die heilige Stätte. Eustach und Georg stellten ihre Rösser auf dem gebührenpflichtigen Parkplatz ab. Es zeigte sich aber kein Wächter, um den Tribut einzufordern. Sporenklirrend schritten sie die Südfront der mächtigen Basilika ab. Es erfüllte sie mit Stolz, daß der Bauherr keine Kosten gescheut, der Baumeister und seine Arbeiter sich solche Mühe gegeben hatten, ihnen eine würdige Wallfahrtskirche zu errichten. Auf der großen Freitreppe angelangt, ließ Sankt Georg seinen Blick schweifen. Niemand da.

»Nur wir sind pünktlich wie immer«, sagte Sankt Eustach stolz. »Das Militär – die hohe Schule der Pünktlichkeit.«

Achaz fragte, ob sie wüßten, weshalb sie hierher abkommandiert seien; er habe den Auftrag überhört, als er Urlaub aus dem Jenseits bekam.

Eustach entgegnete: »Mein alter Kopf hat's auch vergessen. Macht aber nichts. Befehl ist Befehl, zumal, wenn er von ganz oben kommt.« Er schlug die Hacken zusammen und salutierte zum Himmel empor.

»Aber, aber, Freunde, immer noch so kriegerisch?« ließ sich plötzlich eine näselnde Stimme hinter ihnen vernehmen. Instinktiv riß Achaz sein Schwert aus der Scheide; von hinten ließ er sich nicht gerne attackieren, selbst mit Worten nicht. Da legte ihm Eustach beruhigend die Hand auf die Schulter: »Erkennst du unseren Kollegen Cyriakus nicht mehr? Steck also dein Schwert in die Scheide!«

»Meinetwegen«, knurrte der alte Haudegen. »Aber zu einer Pflugschar laß ich es nicht umschmieden, wie das heute Mode wird. Die Feinde Gottes sind mit allen Mitteln zu bekämpfen, nicht nur mit den Waffen des Geistes.« Nach diesem Seitenhieb auf Cyriakus, der seinerzeit Dämonen mit machtvollen Worten ausgetrieben hatte, reichte er dem Diakon die Hand. Cyriakus war in eine weiße Dalmatika mit goldenem Saum gekleidet und trug darüber eine rotgoldene Stola aus reiner Seide, wie er sie im Leben niemals hatte tragen dürfen.

Das Hauptportal war verschlossen, sie mußten sich zur Seitenpforte bequemen. Als die Ritter ihren Helm abnahmen, verlangte ihnen der Diakon Cyriak auch die Schwerter und Lanzen ab. Die drei Ritter weigerten sich. Jetzt durften sie seit langer, langer Zeit wieder einmal Waffen tragen und sollten schon wieder abrüsten? Das kam überhaupt nicht in Frage.
»In ein Gotteshaus dringt man nicht mit Schwertern ein«, belehrte sie der Diakon.
»Wir dringen ja nicht ein. Es gehört uns, oder etwa nicht?« widersprach ihm Georg heftig. »Und im eigenen Haus kann ich tragen, was ich will, Dalmatika oder Harnisch, Rauchfaß oder Schwert.«
Mit festem Schritt trat er in die Kirche. Eustach und Achaz folgten. Cyriak blieb nichts anderes übrig, als klein beizugeben. »Wie die Herren wünschen! Aber es verstößt gegen die guten Sitten.«
Sie reichten sich das Weihwasser und traten in den hohen Kirchenraum. Da erblickte Georg, ausgerechnet an den Stufen des Seitenaltars, der ihm geweiht war, einen alten Herrn mit einer Hirschkuh.
»Und der da verstößt wohl nicht gegen die guten Sitten? Nimmt sogar seine Viecher mit in die Kirche.«
Cyriak setzte das dünne Lächeln der Wissenden auf. »Es handelt sich um ein absolut harmloses Tier, lieber Georg.« Der liebe Georg lächelte süßsauer zurück: »Unsere schartigen Schwerter sind auch absolut harmlos, aber wenigstens stubenrein.«
Da erhob sich der Verstößer gegen die guten Sitten von den Stufen des Altars, breitete zum Willkomm die Arme aus und intonierte: »Salvete, flores martyrum!«
Jetzt erkannten ihn die Ritter: Es war ihr Mitnothelfer Sankt Ägidius, in Frankreich Gilles genannt, langjähriger Einsiedler und kurzzeitiger Abt in Gallien, Helfer

gegen Unfruchtbarkeit, Aussatz und Epilepsie. Als einziger der vierzehn Nothelfer war er eines natürlichen Todes gestorben.
Als Mönch an das Aufstehen kurz nach Mitternacht gewöhnt, war Ägidius bereits am frühen Morgen in Vierzehnheiligen angelangt, hatte sich in der Kirche niedergelassen und darauf gehofft, daß ihn jemand erkennen und anflehen werde. Doch keiner seiner traditionellen Schützlinge erschien: kein Bogenschütze, kein Schiffbrüchiger, kein Pferdehändler, nicht einmal eine stillende Mutter. Nur ein paar vereinzelte Beter, doch die knieten alle vor dem Altar des heiligen Antonius. Und versprachen ihm fünf Mark.
»Den hätten wir nie als Konkurrenten in unsere Kirche lassen dürfen – oder als fünfzehnten Nothelfer aufnehmen müssen. Aber der verschmäht es, genossenschaftlich organisiert zu sein, und, man muß gestehen, als Kleinunternehmer verdient er nicht schlecht«, sagte Cyriak und erregte das Staunen der Ritterschaft ob seiner modernen Ausdrucksweise.
»Wen wundert's?« sprach Ägidius weiter. »Die Zerstreuten und Vergeßlichen werden immer mehr – aber wollt ihr wirklich Schutzpatron der Schlamper sein?«
Nein, das wollten sie nicht. Lieber ein bißchen eifersüchtig bleiben auf den Erfolgsmann aus Padua.
Sankt Ägidius erzählte weiter. Gegen neun Uhr erschien eine Gruppe Frauen mittleren und hohen Alters in der Kirche, vermutlich eine Art Mütterverein, aber ohne geistliche Spitze, umschritt flüchtig den Gnadenaltar (»Guck mal, da ist einer ohne Kopf!«), stellte sich dann vor dem Hochaltar auf, der Mariä Himmelfahrt geweiht war, und sang das Lied »Maria, Königin der Franken« mit sämtlichen Strophen, so inbrünstig und begeistert, wie nur Franken singen können.

»Dagegen hatte ich nichts«, sagte Ägidius, »schließlich ist Maria auch unsere Königin. Ihr gönne ich jedes Lob – auch auf unsere Kosten. Aber was hernach die Kirche besuchte!« Und er berichtete von zwei Busladungen voll Touristen, sogenannte Studienreisende.

Ägidius erfuhr viele Jahreszahlen aus der Bauzeit, sämtliche Maße (72 Meter lang, 35 Meter breit, 22 Meter hoch), hörte von grau abgetönten Kartuschen, von den Stichkappen und Gurtbögen des Gewölbes, vom Vierungsgesims über den acht Bündelpfeilern. »Unser Kuppelbild, falls euch das bisher unbekannt war, zeichnet sich aus durch durchsichtige Komposition, feine Perspektive, zauberhaftes Kolorit, unsere Kleidung gilt als sehr dekorativ – aber daß wir von da oben den bedrängten Menschenkindern unten zurufen: Schaut auf zu uns, wie wir zu Gott – darüber verlautete kein Wort. Die Dame zählte die Namen sämtlicher Künstler auf, von unseren wußte sie nur Christophorus, Georg, Dionys und die drei heiligen Madeln – wir andern endeten unter ›ferner liefen‹. Niedergekniet hat sich niemand, ganze vier bekreuzigten sich. Und schon spuckte der nächste Bus seine Touristenladung aus.«

Reichlich deprimiert verließ er daraufhin die Kirche, setzte sich an den Waldrand und betete um Erleuchtung für so viele unerleuchtete Seelen.

Da näherte sich ihm plötzlich wunderbarerweise eine Hirschkuh, leckte liebevoll an seinen Händen und blickte ihn zutraulich an. Es war natürlich nicht Nanni, die Hirschkuh aus legendärer Frühzeit, von deren Milch er sich jahrelang ernährte. Aber genauso fromm, genauso gut. Sie blieb treu an seiner Seite, verstand seine Sprache und ließ sich von ihm melken.

Anfangs tat er sich bei dieser Arbeit etwas schwer – zwölfhundert Jahre hatte er sie nicht mehr ausgeübt –,

doch die Finger fanden sich an den Zitzen rasch wieder zurecht.
»Es ist noch ein Schälchen übrig. Wollt ihr davon kosten?«
Die höheren Offiziere lehnten höflich ab, der Zenturio knurrte etwas von »fadem Weibergesöff«. Nur Cyriak nahm das Angebot dankend an, hob die Schale geradezu andächtig an die Lippen und schlürfte mit geschlossenen Augen die süßliche Milch. »Mundet gar nicht so schlecht, diese Vollwertmilch. Unsere Freundin Margareta empfiehlt sie ja schon immer. Wo bleiben sie eigentlich, unsere hochgeschätzten Jungfrauen?«
Die Frage stellte sich auch Sankt Georg. Ihr Ausbleiben machte ihm ernstlich Sorge. Man hörte in letzter Zeit immer wieder von Überfällen auf wehrlose Frauen. Als er seine Befürchtungen Sankt Eustach anvertraute, teilte sie der General in keiner Weise.
»Wehrlose Frauen? Mein lieber Georg, Katharina hat ganze Professorenkollegien in Grund und Boden diskutiert, Margareta Drachen an die Kette gelegt und deine Barbara das Patronat der Artillerie übernommen.«
»Meine Barbara? Du wolltest sicher ›unsere‹ sagen.«
»Deine, lieber Georg. Meinst du, ich wüßte nicht, warum du so ein forsches Tempo vorgelegt hast?« Hier brummte Achaz beifällig. »Darum verstehen wir auch deine Sorge. Vielleicht sind die Damen längst eingetroffen und machen sich nur noch etwas frisch. Damen bleiben ja auch als Heilige noch Damen.«

Frisch machten sie sich nicht, aber sie erfrischten sich gerade auf einer schattigen Bank, die drei heiligen Nothelferinnen: Katharina, die heiß umworbene, allseits respektierte Königin der Philosophen von Alexandrien,

Patronin der Universität Sorbonne in Paris und mehrerer juristischer Fakultäten, nebenberuflich Schutzherrin vieler Zünfte, wie Töpfer, Müller, Spinner, Seiler, Gerber, Schneider und Barbiere. Dann Margareta aus Antiochien, Jungfrau und Geburtshelferin. Und schließlich Barbara aus Nikomedien, einst hochgefeierte Patronin der Bergleute, Baumeister, Geschützgießer und Kanoniere und tröstende Helferin in Todesnot. Sie hatten sich von Norden her dem Maintal genähert, zu Fuß, und hatten im Itzgrund eine Rast eingelegt. Sie erquickten sich an ihrer bescheidenen Atzung – Apfelküchlein aus der paradiesischen Hofbäckerei – und labten sich, die Philosophin und Geburtshelferin in kleinen Schlükken, die Artilleristin mit kräftigem Zug, an dem Wein, den ihnen der Winzerpatron Sankt Urban – leider kein Nothelfer! – auf die Wanderschaft mitgegeben hatte: unverfälschten, chemiefreien Frankenwein. (Wo er den aufgetrieben hatte, verriet er leider nicht.)
Da hörten sie überall im Tal die Mittagsglocken läuten. »Sancta Justitia«, entfuhr es der Professorin, »wir müssen uns sputen!« Umweltbewußt sammelte Margareta die Plastiktüten ein und verstaute sie in ihrem Jutesäckchen; Katharina zog sich die unbequemen spätbarocken Schnürstiefel an, Barbara schraubte die Feldflasche zu. »Es muß noch ein gutes Stück Wegs sein«, sagte sie, »man sieht noch nicht einmal die Türme von Banz! Sollten wir nicht doch eine der Benzinkutschen anhalten und uns mitnehmen lassen?«
»Für eine Jungfrau schickt sich das nicht«, meinte Margareta.
»Für e i n e nicht, aber für drei. Wir werden uns doch nicht vor Männern fürchten! Schließlich haben wir schon römischen Präfekten und Kaisern getrotzt!«
Das Argument überzeugte selbst Margareta. Barbara

stellte sich an die Straße und winkte. Gleich das erste Auto hielt, und was für ein Auto!
Es war ein äußerst ungewöhnliches Fahrzeug – salopp ausgedrückt: ein toller Superschlitten –, wie es bisher in keinem Prospekt der Automobilfirmen zu sehen war. Erspare mir, lieber Leser, wenn du autonärrisch bist, die genaue Beschreibung. Sie fiele unbefriedigend aus, weil niemand das Vollkommene perfekt beschreiben kann. Stelle dir das Auto deiner Träume vor: einen Zwölfzylinder von deutscher Hubkraft, japanischer Automatik, amerikanischem Format, schwedischem Sicherheitsstandard und italienischem Design. Dieser Wunderwagen mit dem Kennzeichen HIM 007 stoppte mit kaum hörbarem Bremsgeräusch auf Sankt Barbaras Winken; aus stieg ein stattlicher, schöner Mann mit breiten Schultern, der zu dem Automobil paßte wie das Auto zu ihm. Bekleidet war er mit tadellos weißen Jeans, hellblauem Hemd und einer leger geschnittenen Jacke aus weißem Leder, trug elegante Tennisschuhe und eine lilagetönte Sonnenbrille, um den Hals ein Silberkettchen mit einem Kreuz. Seine kräftigen Hände verrieten, daß er Zupacken gewöhnt war.
Er widmete den drei Jungfrauen nur einen kurzen Blick, ließ die Türen aufspringen und sagte: »Bitte, meine Damen, steigen Sie ein, Sie haben es vermutlich eilig. Ich auch.« Sie gehorchten unverzüglich, rafften die Röcke und nahmen Platz, Katharina neben dem Fahrer, Margareta und Barbara auf dem Rücksitz; im Fond des Wagens befanden sich drei große Aluminiumkoffer. Da bemerkte der junge Mann, was die drei Anhalterinnen als Schmuckstücke an einem Kettchen trugen: ein Rad, ein Türmchen und einen vergoldeten Drachen. »Prudentes virgines!« rief er freudestrahlend, »ihr klugen Jungfrauen, jetzt erkenne ich euch!«

»Und wir dich, Christophorus!« erscholl es dreistimmig, und sechs Damenhände klopften begeistert auf seine legendenberühmten Schultern. Leider war keine Zeit für aufwendigere Begrüßung. »Legt die Sicherheitsgurte an und erschreckt nicht über mein Tempo. Ich werde offensichtlich gejagt, und zwar von der Staatsmacht. Eigentlich brauchen wir die als Martyrer nicht zu fürchten, ich möchte aber nicht noch mal aufgehalten werden von engstirnigen Hütern des Gesetzes.« Und er beschleunigte auf einer Straße, die für Ochsenfuhrwerke gebaut und seither kaum begradigt worden war, auf 100, 120, 140 Stundenkilometer. Was ihm entgegenkam, wurde von blankem Entsetzen gepackt; ein Milchauto entfloh mit knapper Not auf eine Wiese, ein Schulbus wich gerade noch rechtzeitig auf einen Fußballplatz aus, ein Traktor rettete sich hinter eine Friedhofsmauer, ein radelnder Atheist bekreuzigte sich. 150, 160 – höchste Zeit, den Patron der Autofahrer anzurufen, aber er saß ja selber am Steuer, und so kreischten die drei Damen keineswegs vor Angst, sondern genossen vergnügt die schnelle Fahrt und wollten gerade das österliche Alleluja anstimmen, als sie vor sich zwei Polizeifahrzeuge entdeckten, die den Weg versperrten. Wie würde sich ihr Held den Krallen der Obrigkeit entwinden? Sie über den Haufen fahren? Das vertrug sich schlecht mit seinem Job als Auto- und Verkehrspatron. Seufzend ergab er sich in das Unvermeidliche, bremste aber so ab, daß die Polizisten entsetzt zur Seite sprangen. Dementsprechend fiel die Kontrolle aus. Nur die Anwesenheit der drei entzückend gekleideten Damen bewahrte den Hauptwachtmeister Krummfiedel vor verbalen Entgleisungen. Während seine Begleiter mit angemessener Neugier das unbekannte Kraftfahrzeug bestaunten, verlangte er die Fahrzeugpapiere.

8
HM 007

»Tut mir leid«, sagte Christophorus, »die habe ich daheimgelassen.«
»Und wo ist das?«
Er deutete mit dem Zeigefinger nach oben.
»Mann, veralbern Sie mich nicht! Den Führerschein!«
»Auch daheimgelassen, sogar den Heiligenschein.«
»Sie kommen sich wohl maßlos witzig vor?«
»Durchaus nicht, Herr Hauptwachtmeister!«
»Die Dienstgrade der Polizei kennen Sie gut. Viel damit zu tun gehabt, was?«
»Alle Jahre wieder, Herr Hauptwachtmeister, besonders mit der Verkehrspolizei.«
»Und da fahren Sie ohne Papiere? Name? Oder haben Sie den auch da oben vergessen?«
»Christophorus. Mit ph bitte, nicht mit ff!«
»Belehren Sie mich nicht! Christophorus. Und wie noch?«
»Sankt.«
»Sankt? Ungewöhnlich!«
»Trotzdem richtig. Sankt Christophorus – so steht's im Kalender am 25. Juli.«
Endlich begriff der Hauptwachtmeister. »Sankt Christophorus! Aus welcher Anstalt sind Sie denn entlaufen?«
Wieder deutete Christophorus nach oben.
Der Hauptwachtmeister gab auf. »Wenn Sie der heilige Christophorus sind, dann bin ich der Kaiser von China. Steigen Sie aus!«
»Und wenn ich es Ihnen beweise?«
»Tun Sie's!« Der Hauptwachtmeister grinste. Das Grinsen verging ihm aber, als Christophorus den Wagen mit Vollgas zurückstieß, auf den nächsten Feldweg lenkte und beschleunigte, als wolle er die Rallye Paris–Dakar gewinnen.
»Verdammt«, zischte der Hauptwachtmeister. »Aber der

kommt nicht weit. Höchstens bis zum Main. Dort aber ist keine Brücke.«
Was braucht ein Fährmann eine Brücke? Als Christophorus den Main erblickte – hier ohnehin nur ein ausgewachsener Bach – da jauchzte er vergnügt »Hol über!«, raste die Böschung hinauf, sauste raketengleich über den Fluß auf das jenseitige Ufer und entschwand den Blicken der Staatsmacht.
Fassungslos starrten die Verfolger in die Luft, wußten nicht mehr, wo ihnen der Kopf stand, und griffen vorsichtshalber danach. Spielten sie ohne Gage in einem James-Bond-Film mit?
Aufgeregt informierte Krummfiedel über Funk die Inspektion in Lichtenfels. »Wir konnten den bewußten Raser zwar stoppen, jawohl, Chef, aber nicht halten. Ein Wahnsinniger, sag ich Ihnen, jawohl! Völlig irrer Wagentyp! Kreuzung aus Boris Becker und Thomas Gottschalk! Nein, nicht der Wagen, der Verrückte! Mitteldïng zwischen Volvo, Jaguar, Mercedes und Ferrari. Spezialanfertigung natürlich! Klar, silbergrau! Schätzungsweise Anfang Dreißig! Wie? Der Mann, ja! Aber nicht allein! Drei Damen! Jawohl, Damen! Aus Aluminium, die Koffer meine ich! Tut mir leid, Chef! Bin ja auch ganz durcheinander! Das müßten Sie mal sehen, wenn ein Auto abhebt und über die Köpfe hinwegbraust und Sie nicht mal Winkewinke machen können! Kennzeichen? Klar, haben wir: HIM 007. Wie? Doch, absolut sicher! Was? Gibt es nicht, diese Zulassungsstelle gibt es gar nicht? Verdammt! Geradezu kriminell! Jawohl, Chef! Macht aber nichts. Den kriegen wir, und zwar sehr bald! Der kommt nicht weit!« Uff!
Täusch dich nicht, mein lieber Freund und Helfer!

Am Konferenzort trafen inzwischen zwei weitere Teilnehmer ein: Sankt Vitus alias Veit und Sankt Pantaleon. Sie gehörten wie Christophorus zu den »Nichtorganisierten« in der Nothelferschaft, denn sie zählten weder zum Klerus noch zur Ritterschaft und schon gar nicht zum Jungfrauenbund. Sankt Pantaleon hatte sich seinerzeit in der Residenzstadt Nikomedien als tüchtiger Medikus bis zum Leibarzt des Kaisers Maximinian emporgearbeitet. Neidische Kollegen schwärzten ihn an – ja ja, so etwas gab es damals schon – als überzeugten Christen und erklärten Feind des Kaiserkults. Einen solchen konnte Maximinian, wenn er sein heidnisches Gesicht wahren wollte, natürlich nicht in seiner Nähe dulden. Er stellte Pantaleon ein doppeltes Gehalt als Leibarzt in Aussicht, falls er seinem Glauben an Christus abschwöre. Doch Pantaleon entschied sich ohne Zögern für den Glauben statt für das Gehalt. Wutentbrannt befahl der Kaiser seinen Tod, und zwar einen besonders schmerzhaften. Nach vielerlei Martern wurden ihm die Hände auf das Haupt genagelt, bis endlich ein Schwertstreich ihn von seinen furchtbaren Qualen erlöste. Doch seinen Beruf übte er noch jahrhundertelang weiter aus. Nicht nur bei Kopfweh, Auszehrung und Magersucht wurde er angefleht, auch bei seelischen Leiden wie Behexung und trostloser Verlassenheit, und seine irdischen Kollegen wählten ihn vielerorts zum Schutzpatron.
Noch mehr Patienten (heute sagt man: Scheine) konnte allerdings sein junger Begleiter, Sankt Veit, vorweisen, obwohl er nie ein Semester Medizin studiert hatte. Wofür war der nicht alles zuständig! Für Tollwut, Epilepsie, Schlangenbisse, Unfruchtbarkeit, Bettnässen, überhaupt alle Blasenkrankheiten; er war sozusagen Pathologe, Gynäkologe, Urologe und Psychotherapeut in einem.

Hansdampf in allen ärztlichen Gassen, witzelten die einen; medizinisches Naturtalent, lobten die andern. Zudem war ihm der Schutz der Haustiere anvertraut, und als wäre das noch nicht genug, kümmerte er sich zudem ums gute Erntewetter und den Schutz vor Blitz und Feuersbrunst. Und um die Jugend sowieso. Mit 34 Patronaten übertraf er alle anderen Nothelfer, und das mit den wenigen Lebensjahren, die ihm vor dem Martertod vergönnt waren. Wen wundert es da, daß der Zweitjüngste, Cyriakus, etwas neidisch auf ihn blickte (nur im Diesseits natürlich, im Jenseits nicht). Das verrät uns seine Bemerkung, als er Pantaleon und Veit herankommen sah: »Schaut nur, der Medikus und der Luftikus!«

»Unser guter Veit ein Luftikus?« fragte Eustach. »Er hat zwar nie im Heer gedient, weil er zu jung war, trotzdem halte ich ihn für einen gereiften jungen Mann.«

»Sagen wir mal: frühreif. Es kann auch kaum anders sein, wenn man in Sizilien aufwachsen muß. Dort herrschen nun einmal höchst wunderliche Vorstellungen von Recht und Moral – bis heute, wie ihr wißt. Denkt nur an die ›Kunststückchen‹ der Straßenjungen von Palermo! Die fromme Legende verschweigt es, aber ich bin genau informiert: Er spezialisierte sich auf Geldbörsen und machte sein Diplom als Taschendieb.«

»Doch dann fand er zum Glauben und machte sein Diplom als Märtyrer in einer furchtbar blutigen Prüfung, lieber Cyriak!« ermahnte Eustach den Eiferer. »Im Reich Gottes besitzt auch der größte Lump seine Aufstiegschancen. Und Veit hat sie genutzt, sonst wären ihm nicht mehr Gotteshäuser geweiht worden als dir und mir zusammen, über dreizehnhundert in Europa!« Cyriak hätte gerne noch eine Bemerkung über den Unterschied von Quantität und Qualität eingeflochten, da

wurden sie schon von Pantaleon und Veit freudestrahlend begrüßt.
»Hello, Freunde!« Veit schüttelte dem Diakon die Hand so fest, daß es schmerzte. Pantaleon benahm sich weniger ungestüm. Die Ritter freuten sich herzlich über den Zuwachs. Veits munteres Geplauder und des Doktors kluge Bemerkungen würden die Wartezeit verkürzen. Sankt Georg wunderte sich, wo Veit sein Attribut, den Hahn, das Symbol der Wachsamkeit, gelassen habe, er habe doch wohl statt dessen wenigstens sein zweites Attribut, den Topf, mitgebracht?
Veit zeigte eine betrübte Miene. »Mein Hahn? Das ist eine traurige Geschichte. Laßt sie euch erzählen!
Ihr müßt wissen, ich nahm schon gestern Urlaub, wollte nämlich ursprünglich meine berühmteste Kirche besuchen, den Veitsdom zu Prag. Doch rechtzeitig fiel mir ein, beim Grenzübertritt könnte es Ärger geben, und so begnügte ich mich mit der Veitskapelle bei Staffelstein. Ich dachte, da bist du abends wahrscheinlich allein, kannst dich besinnen, reifer werden und so weiter. Denkste! Auf der Wiese bei der Kapelle fand ein Sommerfest statt, lauter junge Leute, nur ein älterer darunter, den sie Präses nannten. Auch recht, denke ich mir, bist ja unter anderem der Patron der Jugend, wirst so unwillkommen nicht sein. Den Hahn versteckte ich unter meinem Umhang; denn es roch sogar gegen den Wind nach gegrillten Hähnchen, und ich wollte ihm den Anblick seiner gemarterten Stammesbrüder ersparen. Mein Erscheinen verursachte ein großes Hallo. Gucke mal, ein Zigeuner! Setz dich her, Asylant! Es war so eine Mischung von Spott und Freundlichkeit, also suchte ich mir einen Platz.«
»Zwischen zwei hübschen Mädchen?« fragte Georg lachend.

»Eher zwischen zwei dicken Brieftaschen!« meckerte Cyriak.
Veit überhörte das. »Jetzt erfuhr ich auch, daß es sich um das Sommerfest einer kirchlichen Organisation handelte, und der dicke Herr in Hemdsärmeln war der Präses. Der hatte vorher einen Gottesdienst gehalten. Ob sie ihn mitgefeiert habe, fragte ich meine Nachbarin zur Linken. ›Ach‹, sagte die, ›ich kam erst später. Was der Präses predigt, versteht sowieso kein Schwein.‹ Darauf ich: ›Ist ja wohl auch nicht für Schweine gedacht!‹ Das war vielleicht nicht sehr taktvoll. Sie rümpfte die Nase und rückte zur Seite. Auch recht, denke ich mir, erhebe mich und gehe zum sogenannten Präses, um ihn zu begrüßen. Der fieselte gerade an einem Keulenstück herum und wischte sich mit einer Papierserviette das Fett aus den Mundwinkeln. ›Gestatten, ich bin der heilige Veit!‹ Er lachte fröhlich, seine Tischnachbarn auch. ›Ich meine das ganz ernst‹, sagte ich. ›Wir auch‹, brüllten sie. ›Prost, heiliger Veit! Bist wohl aus Kutzenberg entlaufen?‹
Kutzenberg, müßt ihr wissen, ist die hiesige Anstalt für harmlose Fälle. Und einer rief: ›Dann leg mal einen kessen Veitstanz hin!‹
Spätestens jetzt hätte ich merken müssen, woher der Wind wehte, aber ich merkte es nicht und bekannte abermals: ›Ich bin tatsächlich der heilige Veit.‹ Hochwürden fand das höchst amüsant und fragte, wo ich meinen Hahn habe. Da war ich so unvorsichtig und zeigte ihn vor. ›Super!‹ johlten sie, ›der Gockel kommt uns gerade recht! Den hat er bestimmt gestohlen, der lausige Kanak!‹ Und schon griffen sie nach dem armen Tier. Was konnte ich gegen die Übermacht tun? Nur den Hahn in die Luft werfen. ›Flieg, wenn dir das Leben lieb ist!‹ rief ich. Aber Hühner sind und bleiben dumm.

Er schlug ein paarmal mit den Flügeln wie eine lahme Ente und plumpste dann zu Boden, direkt neben dem Grill. Und während sie ihn rupften, ausnahmen und brieten, versuchte mich der Präses zu trösten: ›Denk dir nichts, Junge, kriegst auch das größte Stück davon und ein paar Schwanzfedern zum ehrenden Gedächtnis!‹ Dann intonierte er mit öliger Stimme, und alle stimmten grölend ein:

Zum heil'gen Veit von Staffelstein
bin ich emporgestiegen
und seh die Lande um den Main
zu meinen Füßen liegen.
Von Bamberg bis zum Grabfeldgau
umrahmen Berg und Hügel
die breite stromdurchglänzte Au;
ich wollt', mir wüchsen Flügel!
Valleri, vallera, valleri, vallera,
ich wollt', mir wüchsen Flügel!

Ehrlich, ich wollte es auch, vor allem, als sie vom Frankenland an die ›Nordseeküste, an den schneeweißen Strand‹ sprangen und wie die Besessenen auf- und niederhüpften. Daß mittendrin die Glocken zum Gebet läuteten, störte die bierselige Gesellschaft überhaupt nicht, nicht einmal die Geistlichkeit.
Endlich war diese Folter vorüber. Es hatte keinen Sinn, den Mißvergnügten zu spielen, das reizte sie nur. So erhob ich mich und verabschiedete mich mit gut geheuchelter, höflicher Miene und wünschte ihnen weiterhin viel Vergnügen. ›Du kehrst wohl jetzt in den Himmel zurück?‹ fragte jemand zum Gaudium der anderen. ›Später‹, antwortete ich wahrheitsgemäß, ›zunächst nach Vierzehnheiligen‹. ›Dann grüß mal schön die anderen Nothelfer!‹ sagte der Präses und lachte. ›Das werde ich

tun, Hochwürden‹, erwiderte ich, beugte mich zu seinem Ohr und zischte nicht allzu heiligmäßig hinein: ›Quid gloriaris in malitia, qui potens es in iniquitate?* Psalm einundfünfzig!‹ Das traf wie ein Bogenschuß! Er

* Was rühmst du dich deiner Bosheit, du Mann der Gewalt, was prahlst du allzeit vor dem Frommen?

starrte mich mit offenem Mund an. Doch ehe er's kapierte, war ich verschwunden. Eines gelobte ich mir: Nie mehr werde ich so dumm sein, jedem zu sagen, wer ich bin. Meinem armen Hahn hat es das Leben gekostet. Drei Schwanzfedern sind alles, was mir von meinem Attribut geblieben ist.«

Für den Patron der Haustiere war das ohne Zweifel eine mittlere Katastrophe. Das sahen die Freunde ein. Eine Weile schwiegen sie mitleidsvoll. Nach der Gedenkminute fragte Georg: »Und hast du dir auf dem Weg vom Staffelberg hierher keinen neuen Hahn verschafft, zappzerrapp?« Und er machte dazu die beim Militär übliche organisatorische Handbewegung.

»Du möchtest mich wohl aufheitern, Georg? Die Versuchung war heftig«, gestand Veit, »und es wäre für mich ein Kinderspiel gewesen – aber über solche Kinderspiele bin ich jetzt hinaus. Ich bin bloß noch durch das vergitterte Fenster in die Kapelle eingestiegen und hab mich vor meinem Altar zum Schlafen niedergelegt. Heute morgen bin ich über den Staffelberg hierher gewandert und mit unserem guten Doktor zusammengetroffen. Ecce adsum! – Da bin ich!«

»Verglichen mit deinen Abenteuern haben wir Ritter auf unserem Anmarsch jedenfalls wenig erlebt«, sagte Sankt Eustach. »Jetzt bin ich gespannt, was unsere drei Fräuleins zu erzählen haben. Hoffentlich wurden die nicht auch so gerupft!«

»Keine Bange, edler Ritter, sie wurden es nicht«, erscholl eine helle, fröhliche Stimme hinter ihnen: die der heiligen Margareta. Überrascht wandten sie sich um. Veits spannende Geschichte hatte ihre Aufmerksamkeit so gefesselt, daß selbst den alten Kriegern die Ankunft der Jungfrauen völlig entgangen war. Sankt Eustach und Georg begrüßten sie mit Handkuß; Katharina

nahm ihn mit akademischer Würde, Margareta mit schalkhaftem Lächeln und Barbara überhaupt nicht entgegen; ihr war ein kameradschaftlicher Händedruck lieber. Sankt Achaz raffte sich nicht einmal zu so viel Liebenswürdigkeit auf, sondern begnügte sich mit einer knappen militärischen Verbeugung. Er fühlte sich den heiligen Wüstenvätern mehr verpflichtet. Die hatten gottlob rechtzeitig im Himmel sogenannte Klausurzonen durchgesetzt, die für das weibliche Geschlecht tabu waren. Den Satz »Mulieres in ecclesiis taceant« hielt er für den vernünftigsten, der dem Völkerapostel Paulus je in die Feder geflossen war. Sein Übersetzungsvorschlag »Weiber haben in der Kirche den Schnabel zu halten« war von der Liturgischen Kommission der Deutschen Bischofskonferenz seinerzeit entrüstet abgelehnt worden. Sein Gram darüber wird wohl bis zum Jüngsten Tag währen.
Der General und der Reiteroberst, als geschulte Kavaliere, aber auch der Diakon als Fachmann für liturgische Gewänder, bewunderten die reiche Kleidung der himmlischen Damenschaft. Georg schwärmte, sie lasse sich zwar nicht mit dem verklärten Leib im Himmel vergleichen, aber nach irdischen Maßstäben könne er sich keine schönere Umhüllung vorstellen.
»Und keine, die unpraktischer ist«, unterbrach ihn Margareta. »Jeder Schritt wird zum Staatsakt. Man kommt sich vor wie im Buckinghampalast. Und das bei dieser Hitze auf einer staubigen Landstraße. Was glaubst du, wie sehr ich unterwegs die Mädchen in ihren luftigen Röcken und Hosen beneidet habe!«
»Ihr mußtet marschieren? Arme Mädchen! Hätten wir das geahnt, wir wären euch unverzüglich entgegengeritten.«
»Zu gütig, Georg. Wir fanden auch so einen barmherzi-

gen Samariter: Sankt Christophorus. Ihr werdet staunen, wozu sich unser Fährmann außer Dienst gemausert hat!«

»Weiß ich längst«, bemerkte Eustach mit einem Unterton von Traurigkeit. »Seit er zum Patron der Automobilisten avanciert ist, hören ganze Kohorten von Schutzengeln auf sein Kommando. Warum bleibt mir eine solche Aufgabe versagt? Seit ich Dürer Modell stand, komme ich mir vor wie ein Museumsstück. Wer braucht heute noch den Patron der Kavallerie? Sind ja nicht einmal mehr Kavaliere gefragt!«

»Das solltest du nicht so verallgemeinern, General! Doch laß dir erzählen, was uns auf dem Herweg passiert ist.«

Während Margareta dem ehemaligen Legaten der Legion Flavia Felix einen genauen Bericht ihrer Wanderschaft gab, erschien Christophorus, drei schwere Aluminiumkoffer auf den Schultern. Sorgsam setzte er sie auf den Boden und begann, seine computergesteuerte Nachrichtenzentrale auszupacken und aufzubauen. Der Knabe Veit half ihm dabei.

Katharina und Doktor Pantaleon, die intellektuellen Vordenker der kleinen Gesellschaft, besichtigten die Kirche, um sich von der Qualität der Restaurierungsarbeiten zu überzeugen. Zu welchem Ergebnis sie kamen, teilten sie leider nicht mit.

Achaz gesellte sich zum heiligen Ägidius und seiner Hirschkuh und schwieg sich bei ihm über den erbarmungswürdigen Zustand der Christenheit im allgemeinen und über den ihrer weiblichen Hälfte im besonderen aus.

Georg führte Barbara zu dem Altar, der ihm persönlich geweiht war. »Entschuldige, daß die Begrüßung so förmlich ausfiel, Bärbel. Darf ich eine herzlichere so bald wie möglich nachholen?«

Barbara lachte. »Du bist noch immer derselbe Draufgänger!«
»Hätte man mich sonst zum Muster der christlichen Ritterschaft erkoren? Du, Bärbel, sag mir ehrlich, war diesmal wirklich niemand hinter dir her?«
»Du meinst wohl gar ein Drache? Du hättest wohl zu gerne wieder einen mit der Lanze aufgespießt? Ich seh dir's an der Nasenspitze an. Ach, Schorsch!«
»Schorsch darfst du sagen. Aber bitte nicht Dschordsch! Es erinnert mich daran, daß ich unter anderem auch Patron der Engländer bin, und das muß man auf dem Kontinent nicht unbedingt lauthals verkünden.«
»Du warst aber sehr stolz darauf. Empfindest du das jetzt als Schande?«
»Schande nicht, aber ein bißchen als Blamage. Unter dem letzten König, der meinen Namen trug, herrschten sie noch über die halbe Welt – und heute nicht einmal mehr über die Affen von Gibraltar.«
»Diese Briten! Und an Drachen glauben sie womöglich auch nicht mehr, höchstens an das Ungeheuer von Loch Ness! Armer Schorsch!« Sie streichelte mitleidsvoll seinen Harnisch.
»Die Jungfer hält mich wohl zum Narren? Bärbel, Bärbel, du weißt, es wäre nicht das erstemal. Sonst wären wir längst verheiratet! Aber Schwamm drüber, weinen wir nicht verpaßten Gelegenheiten nach. Hauptsache, wir stehen weiter auf derselben Seite der Ecclesia militans, wenn dieser Ausdruck inzwischen auch in Verruf geraten ist. Du kümmerst dich noch um den ballistischen Fortschritt, Patronin der Artillerie?«
Die Artillerie legte dem Kavalleristen zwei Finger auf den Mund: »Psst! Schorsch! Sonst bezichtigt mich dieser pazifistische Cyriak unlauterer Sympathien fürs SDI-Programm.«

»Und warum solltest du nicht dafür sein dürfen? Ich wüßte eine Menge stichhaltiger Gründe. Bärbel, mein Wunsch war es schon immer, vom Weltraum aus die mörderischen Drachen der Geschichte abzuschießen. Stalin, Hitler, Mao und wie sie alle heißen mögen, ich hätte ihnen rechtzeitig das blutige Handwerk gelegt. Du, falls ein neues Patronat für Weltraumwaffen geschaffen wird, melden wir uns beide. Vielleicht stehen wir dann doch einmal gemeinsam auf einem Altar – vor ihm zu stehen, ist uns leider nie geglückt.«
Sie schmiegte sich an seinen Arm und klopfte mit dem Zeigefinger an den Harnisch. »Dann mußt du aber auch mal deine Rüstung ablegen, Schorsch! Doch komm jetzt zurück zu den andern. Absonderung ist verpönt, heut zählt der Gruppengeist!«
»Truppengeist wäre mir lieber«, sagte Sankt Georg, »aber der ist sogar bei uns Nothelfern unterentwickelt.«
Sie gesellten sich wieder zu den anderen, genauso wie Professorin Katharina und Doktor Pantaleon, die ihren ästhetischen Disput beendet hatten.
Barbara wandte sich an Eustach und fragte, ob man jetzt endlich mit der Konferenz anfangen könne.
Als hoher Militär gewohnt, eine Lage rasch zu überblikken, stellte Eustach fest: »Es sind erst elf anwesend; demnach fehlen drei, und es scheinen unsere verehrten Bischöfe zu sein.«
»Typisch, typisch«, grantelte Cyriak halblaut in die Runde. Als niederer Kleriker registrierte er die Versäumnisse der höheren gewissenhaft. »Fangen wir trotzdem an. Unser Erdurlaub ist zeitlich beschränkt, und es gibt eine Menge zu besprechen.«
Der General richtete einen fragenden Blick auf die Professorin. »Mündige Christen würden nicht mehr länger warten«, meinte sie.

»Und wozu zählen wir?« fragte der Knabe Veit keck.
»Zu den höflichen Christen, lieber Sankt Veit!«
Also weiter warten.
Ägidius verfügte als langjähriger Einsiedler über ein scharfes Gehör. Er konnte die Lockrufe von Zaungrasmücke und Mönchsgrasmücke genauso unterscheiden wie das Rascheln der Birkenblätter und das Zittern des Espenlaubs. Dieser Ägidius richtete sein rechtes Ohr gen Himmel und sagte: »Es summt etwas. Es ist keine Biene, keine Hornisse, keine DC 9, keine Tupolew, es ist ein Kerubim & Serafim!«
Besaß er die geübtesten Ohren, so Veit die geübtesten Augen: »Da schwebt etwas heran!« rief er und deutete auf einen Lastensegler, der über Vierzehnheiligen kreiste. Man sah drei bischöfliche Hände huldvoll herunterwinken.
»Hätten wir uns ja denken können«, moserte der Diakon. »Die Hierarchie zögert wieder mal, bevor sie sich zum gemeinen Volk herabläßt. Wahrscheinlich warten sie mit der Landung, bis alle Glocken läuten.«
Warum hatten sie so viel Verspätung?

Um den gottgewollten Unterschied der Stände zu wahren, von dem zwar nicht sie selbst, aber ihre mittelalterlichen Nachfolger so gern gepredigt hatten, ließen sich die drei Bischöfe auf dem Luftweg an den Konferenzort bringen. Als Transportmittel diente ihnen ein Motorsegler der hier auf Erden unbekannten Firma Kerubim & Serafim, als Pilot der einstige würzburgische Ingenieurhauptmann und Oberst der fränkischen Kreisartillerie, Balthasar Neumann, sichtlich verjüngt durch die Feiern zu seinem 300. Geburtstag im Jahre 1987. Bereitwilligst hatte er den Auftrag übernommen, die

BN

mitrageschmückten hochwürdigsten Exzellenzen Dionysius, Erasmus und Blasius ins Frankenland zu befördern. Die Bischöfe selber verbaten sich zwar die barocke Anrede Exzellenz, aber für Neumann war dieser Titel das absolute Minimum, hatte er doch seinerzeit seine Dienstherren mit zehnmal längeren und devoteren Titulaturen anreden müssen. Neumann trug jetzt nicht die schmucke braune Uniform eines fürstbischöflichen Artillerieoffiziers und die weißblonde Perücke, mit der ihn Tiepolo im Treppenhaus der Würzburger Residenz der Nachwelt erhalten hat, sondern die blaugraue Pilotenuniform der einstmaligen deutschen Luftwaffe. Ein Fliegerheld selig hatte sie ihm ausgeliehen.

Die vielen Festreden und wissenschaftlichen Aufsätze zu seinem Jubiläum mochten Neumanns Selbstbewußtsein und Selbstgefälligkeit gesteigert haben, jedenfalls ließ er es sich nicht nehmen, den Exzellenzen wenigstens aus luftiger Höhe zu beweisen, daß der gelernte Geschützgießer mit Recht zu den größten Baumeistern seiner baufreudigen Zeit zählte. Also nahm er nicht den kürzesten Weg, sondern kreiste dreimal über dem schönsten Pfarrhof Europas, wie Napoleon die Residenz der Würzburger Bischöfe einmal genannt hatte. Blickten die Martyrerbischöfe mit stillem Neid oder unwilligem Kopfschütteln auf das prachtvolle Schloß? In was für bescheidenen »Residenzen« hatten sie dereinst gehaust: Blasius im Abstellraum einer Höhlenkirche in Armenien, Erasmus in der aufgelassenen Werkstatt eines syrischen Messerschleifers, Dionys in einer Mietwohnung im Armenviertel von Paris. (Damals nannte sich die Stadt noch Lutetia Parisiorum, was zu deutsch Schmutzstadt der Pariser heißt.) Unter ihm befand sich die Werkstatt eines Wagenschmieds, in der tagsüber gehämmert wurde, über ihm das Etablissement einer er-

grauenden Lebedame, die nachtsüber sporenklirrende Legionäre zu empfangen pflegte.
»Residieren die Bischöfe noch immer in diesem Palast?« erkundigte sich Erasmus und spielte verträumt mit der Gedärmewinde, dem Souvenir aus seinen Martertagen.
Neumann verneinte. Als Fürsten würden die Bischöfe heute nicht mehr gelten, so gern es manche auch hätten. Soviel er wisse, sei sein vielbewundertes Meisterwerk inzwischen zu einem Aufbewahrungsort für Akten, zu einem wissenschaftlichen Manöverplatz für angehende Schulmeister und zum Fotoobjekt amerikanischer und japanischer Weltenbummler herabgesunken. Etwas anderes sei es mit seinem frömmsten Bau, dem Käppele. »Schauen Sie nur, dort knien wahrhaftig noch einige auf der Stiege und beten!«
Erasmus und Blasius mußten sich die Köpfe verrenken, um die Beter zu sehen; Dionys tat sich da leichter. Er brauchte sein Haupt nur in die gewünschte Richtung zu halten, um die Beter zu entdecken. Der scharfe Blick lohnte sich: Es waren sogar ein paar junge Leute darunter. Das tröstete den Bischof, denn man hatte ihm ganz fürchterliche Dinge über die moderne Jugend erzählt.
Nach der Ehrenrunde über Würzburg steuerte Neumann den Main bei Dettelbach an. Er deutete auf Münsterschwarzach. »Dort stand einmal mein stolzester Klosterbau mit der mächtigsten Kuppel, die ich je konstruiert habe. Keine sechzig Jahre wurde er alt, dann haben ihn die Aufklärer abbrechen lassen«, bemerkte er grimmig.
»Aber er wurde wenigstens durch ein modernes Gotteshaus ersetzt«, tröstete ihn Erasmus. »In meiner Heimat, lieber Balthasar, finde ich fast keine Kirche mehr, nur noch Moscheen!«

»Hoffen wir, daß es im Frankenland eines Tages nicht auch so muselmanisch zugeht«, erwiderte Balthasar Neumann.
Dionys nickte wieder auf seine unnachahmliche Weise, Erasmus aber dachte bei sich: Ein bißchen orientalischer Gelbton könnte der Landschaft gar nicht schaden. Ihm war sie entschieden zu grün: lauter Felder, Wälder, Gärten. Wo blieb da die Wüste? Was macht den Menschen so demütig vor Gott wie die Wüste, in der er sich vor ihm nicht verstecken kann und seine Hilflosigkeit leibhaftig spürt? Gerade diesen leistungsstolzen Teutonen täten solche Erfahrungen gut. Er selber wäre auch kaum vom Volk zum Bischof gewählt worden, hätte ihn sein Vorgänger nicht für einige Zeit buchstäblich in die Wüste geschickt, um seinen priesterlichen Standesdünkel abzubüßen. Aber das sagte er dem Piloten lieber nicht; erstens soll man gelegentlich den Laien ihre Meinung lassen, und zweitens hatte Balthasar Neumann genug damit zu tun, einen Platz ausfindig zu machen, wo er möglichst unauffällig landen konnte. Man hatte Bamberg schon überflogen und näherte sich Staffelstein. Die Bischöfe wurden nervös. Sie zappelten zwar nicht vor Aufregung – das tun Bischöfe selten –, aber die Schweißperlen auf ihrer Stirn vermehrten sich unaufhörlich. Dionys drehte seinen Kopf nach allen Seiten, um die Türme von Vierzehnheiligen zu entdecken; just da er sie erblickte, verschwanden sie auch schon wieder, denn das Fluggerät setzte auf einer frischgemähten Wiese zwischen dichten Bäumen auf.

Der Einzug der Exzellenzen vollzog sich ohne jedes pontifikale Tamtam. Sie hatten dergleichen ja auch in ihrer irdischen Existenz nie kennengelernt. Trotzdem begrüßten die Exzellenzen die Versammelten mit der gebotenen episkopalen Distanz. Oder genierten sie sich wegen der Verspätung? Wie dem auch sei, die Konferenz konnte beginnen.

An eine Sitzordnung hatte niemand gedacht. So schlug Erasmus vor, sich auf die angestammten Plätze am Nothelferaltar zu begeben. Cyriakus meinte, da rede jeder an jedem vorbei; zweckmäßiger sei es, eine Runde zu bilden, die rotgepolsterten Sessel habe er bereitgestellt; eine bunte Reihe sei freilich »mangels geschlechtlicher Parität« nicht möglich. Was Achaz dazu brummte, ist nur unklar überliefert. Es klang wie: »Drei Weiber sind schon zuviel.«

Die andern waren mit dem Vorschlag des Diakons einverstanden. Ihrem oberhirtlichen Herdentrieb folgend, wollten sich die Bischöfe nebeneinander setzen. Frau Professor verhinderte das. Bevor sich die etwas füllige Exzellenz Blasius niederlassen konnte, hatte sie geschickt eine schmale Aktenmappe Unterlagen auf seinen Sessel geworfen. Da nun kein Bischof gern auf fremden schriftlichen Unterlagen sitzt, wich Blasius aus und überließ Katharina den Platz zwischen Erasmus und Dionys.

»Jetzt müssen wir einen Präsidenten wählen«, sagte Cyriakus.

»Einen Präsidenten?« Bischof Dionys hob die Brauen.

»Oder wenigstens einen Diskussionsleiter, Moderator heißt das heutzutage. Stimmzettel habe ich vorbereitet.«

»Ist denn dieser ganze demokratische Krimskrams nötig, wenn man – beispielsweise – einen Erzbischof von Paris zur Verfügung hat?« fragte Ägidius, dem sehr viel daran lag, seinem französischen Landsmann den Vorsitz zu verschaffen.

»Es ist nötig. Die Basis wünscht es.«
»Und wer ist das, diese Basis?«
»Das kirchliche Fußvolk, Exzellenz.«
»Kavallerie inbegriffen«, fügte Eustachius hinzu.
Ägidius sagte nichts mehr. Cyriak bemerkte halblaut zum Bischof von Paris, ob er nicht doch ausnahmsweise seinen Kopf aufsetzen möchte; die anderen Nothelfer trügen ihr Attribut auch nicht ständig in der Hand mit sich herum. Außerdem stünden seine Chancen, zum Präsidenten gewählt zu werden, sonst sehr schlecht; schließlich habe man mit kopflosen Bischöfen nicht die besten Erfahrungen gemacht.
Aber Dionys wollte auf sein Markenzeichen nicht verzichten, und so kam es, wie Cyriak vorausgesagt hatte: Man wählte nicht ihn, den Ranghöchsten, zum Präsidenten, sondern die Professorin aus Alexandria. Mit der Mehrheit von zwölf Stimmen! Alles klatschte Beifall, auch diejenigen, die eigentlich nur aus Galanterie Katharina vorgeschlagen hatten, in der Hoffnung, es werde sowieso einen zweiten Wahlgang geben. Einer klatschte nicht: der Ritter Achaz. Er sah seine düstersten Ahnungen bestätigt. Drohte das Schreckgespenst einer Matriarchin in der katholischen Kirche Wirklichkeit zu werden?
Katharina mit ihrem unangefochtenen Selbstbewußtsein schien übrigens das Wahlergebnis erwartet zu haben; sie dankte den Anwesenden für das Vertrauen und schlug vor, ohne langes Palaver zur Sache zu kommen.
»Wir heißen Nothelfer«, begann sie.
»So heißt jetzt auch ein ausgezeichneter Klosterlikör«, raunte Veit dem Doktor Pantaleon ins Ohr.
Die Präsidentin rügte ihn mit strafendem Blick und setzte noch einmal an: »Wir heißen Nothelfer – wir sind es aber nicht mehr. Jahrhundertelang beteten

Fromme und weniger Fromme zu uns. An dieser Stätte seit 1445. Lange Zeit stand den Pilgern nur eine kleine Holzkapelle zur Verfügung. Ein gewisser Neumann, Vorname Balthasar, erbaute zwischen 1743 und 1777 diese einzigartige Wallfahrtskirche.«

»Gestatten Frau Präsidentin einen Einwand?« fragte Bischof Blasius.

Sie gestattete es.

»Der eigentliche Bauherr war der Bischof, Friedrich Karl von Schönborn. Der Name des Bauherrn erscheint mir bedeutsamer als der seines Baumeisters, der seinem Range nach nur Artillerieoffizier war.«

Das brachte die heilige Barbara auf den Plan. Ohne sich zu Wort zu melden, rief sie dazwischen: »Was heißt hier ›nur Artillerieoffizier?‹ Als solcher hatte er mindestens ebensoviel Kommandogewalt wie ein Bischof!«

»Recht hast du, Barbara!« Georg schlug dem Mädchen, das natürlich neben ihm saß, kräftig auf die Schulter. Katharina mahnte zu Ruhe und Besonnenheit.

»Keinen müßigen Streit, bitte! Es geht auch nicht um Bauherr oder Baumeister. Es geht um uns. Unsere Kirche steht noch, schöner denn je. Aber woran denken die Gläubigen, wenn sie den Namen Vierzehnheiligen hören? Verbinden sie noch irgendwelche Vorstellungen damit? Ich zweifle, ob von den deutschen Theologieprofessoren auch nur zehn unsere Namen nennen können, ohne im Lexikon für Theologie und Kirchengeschichte nachzuschlagen. Noch weniger wissen«, fuhr Katharina fort, »in welchen Anliegen sich die Gläubigen an uns gewandt und unsere Fürbitte angerufen haben. Wir mußten unseren Auftrag längst abtreten an Ärzte, Psychotherapeuten, Heilpraktiker, Gesundbeter, Gruppendynamiker, Versicherungsagenten, Flurbereiniger, Polizisten, Soziologen ...«

»Und andere Scharlatane«, ergänzte Doktor Pantaleon.
»Wenn wir nicht ein wenig Imagepflege betreiben, geraten wir hoffnungslos ins Out«, fuhr Katharina fort.
Achaz erhob sich: »Ich lehne jede Art von Kosmetik ab. Und alle Fremdwörter dazu. Basta.« Er setzte sich wieder. Sein Nachbar Veit flüsterte ihm zu, daß er das Wort Imagepflege nicht richtig interpretiere; es meine soviel wie Auffallenwollen.
»Und das empfiehlt sie uns? Junge, Junge, die war halt nie beim Militär!«
Hatte Katharina das mitgehört? »Wir könnten es auch sportlich ausdrücken: Versuchen wir ein Comeback! Oder intellektuell formuliert: Intensivieren wir unser pastorales Engagement, rekultivieren wir ...«
»Gestatten Sie, Gnädigste«, unterbrach sie Eustachius, »läßt sich das nicht einfacher sagen?«
»Durchaus, aber ich bezweifle, ob es dann alle verstehen.«
Margareta und Barbara lachten, Georg und Eustach lachten anstandshalber mit, Veit sowieso. Blasius ließ sich wütend auf seinen Sessel fallen.
Erasmus bat ums Wort. »Freunde«, sagte er, als sich die Lacher beruhigt hatten, »ich finde, wir sollten diese ständigen Zwischenrufe unterlassen. Sie sind unserem Stand nicht angemessen.«
Cyriakus protestierte. »Es wurde uns vor unserer Abreise auf die Erde ausdrücklich versichert: Wir brauchen uns nicht wie kanonisierte Heilige zu benehmen – sanftmütig, gehorsam, rücksichtsvoll usw. usw. –, sondern wir dürfen durchaus die kleinen Untugenden auffrischen, die wir ja im Leben nie abgelegt, sondern durch den Martertod wettgemacht haben.«
»Auf denn! Intensivieren und rekultivieren wir unsere Laster«, entgegnete Erasmus sarkastisch.

»So war es nicht gemeint. Ich wollte nur sagen, wir dürfen uns wie normale Kongreßteilnehmer aufführen. Und dazu gehören auch Zwischenrufe!«
»Und solche, die überhaupt nicht aufpassen«, pflichtete ihm Pantaleon bei und deutete auf Christophorus, der seine Computeranlage neben sich aufgebaut hatte. Er fühlte aller Blicke mißbilligend auf sich gerichtet.
»Entschuldigung, liebe Freunde«, sagte er, »das ist kein Spielzeug, das ist, wenn ihr so wollt, meine Sprechanlage, durch die ich mit meiner Kundschaft jederzeit Kontakt halten kann. Hallo, bremsen, bremsen, schnell!« rief er ins Mikrofon. »Ich meine nicht euch, liebe Freunde. Ich meine den Kunden auf der A 73 zwischen Bamberg und Erlangen. Seit sie mich zum Patron der Wagenlenker, heute sagt man Autofahrer, ernannt haben – schnell, zehn Schutzengel auf die Kreuzung B 20 und B 8! –, seit sie mich also zum Patron ernannt haben, geht mein Dienst rund um die Uhr, und – nicht weiterfahren, auf den Parkplatz raus und zehn Minuten schlafen, verstehen Sie mich? – und darum nehmt es mir bitte nicht übel, wenn meine Aufmerksamkeit nicht immer auf die Worte der Präsidentin gerichtet ist, sondern auf meine Kundschaft – Ihre Freundin später umarmen, nicht jetzt, Sie Wahnsinniger! Tempo drosseln, runter auf 100! Übrigens teile ich eure Sorgen nicht. Ich komme mir nicht vernachlässigt oder gar vergessen vor, im Gegenteil, pausenlos rufen mich die Leute an – Aquaplaning am Biebelrieder Kreuz, geben Sie acht, Mann! –, ich könnte jede Menge arbeitslose Schutzengel gebrauchen – ja, anschnallen, es geht sofort die Böschung runter! –, ich würde auch gerne das Patronat über die Motorradfahrer an jemanden abtreten; was die mich für Überstunden kosten! –, aber jetzt entschuldigen Sie, da wagt sich wieder dieser farbenblinde Bi-

schof auf den Asphalt, der rot und grün nicht unterscheiden kann; ich muß mich voll auf ihn konzentrieren, sonst...«

Mit wachsender Verblüffung und steigendem Respekt hatten die Kongreßteilnehmer dieser Darbietung gelauscht; nur Abt Ägidius hatte seinen Sessel zur Seite gerückt und seine Hirschkuh an den Zitzen gekrault.

»Laß dich nicht stören, Christophorus, und ziehe dich ruhig in eine Ecke zurück, um ungestört dein Patronat auszuüben. Sobald unsere Entschlüsse reifen, rufen wir dich wieder«, sagte die Präsidentin. Und während Christophorus mit seiner Computeranlage zum Altar des heiligen Antonius von Padua übersiedelte, fuhr sie fort: »Sehen Sie, meine lieben Mitnothelfer, Christophorus sollte uns allen als Beispiel dienen. Er hat den Sprung in die Neuzeit geschafft. Fuhrleute, Schiffer, Lastträger, Gärtner, Obsthändler, Hutmacher, Färber, Zimmerleute, Buchbinder, Schatzgräber – wie viele strapaziöse Patronate hatte er nicht schon auf seinem breiten Bukkel, und nun, da manche von diesen überflüssig wurden, lädt er sich noch Millionen von Autofahrern auf! Und einige beten wirklich zu ihm. Einfälle muß man haben!«

»Gibt's dafür auch einen Patron?« fragte der vorlaute Veit. »Ich melde mich gern für diesen Job. Dann rufen mich vielleicht die Programmleiter des Deutschen Fernsehens an.«

Katharina griff nur ein Wort auf: Job. »Job, das Wort mag in manchen Ohren banal klingen, aber es spricht genau das an, was von uns verlangt wird: Modernisierung, up-to-date sein!«

Achaz hielt sich die Ohren zu.

»Es wurden bereits Wünsche für neue, zeitgemäße Patronate ermittelt und eingereicht. Zum Beispiel von den

Softwaremakern – meldet sich jemand freiwillig dafür?«
»Wir müßten erst mal wissen, was das ist«, verlangte Eustach.
»Später! Hier ein Gesuch der Wehrdienstverweigerer ...«
»Was das ist, wissen wir«, sagte Eustach. »Aber denen biete ich keine Hilfe an. Frag mal den Cyriakus! Der hat von uns vorhin mit wahrer Wollust die Waffen abverlangt.«
Cyriakus meinte, er könne den Posten übernehmen. Als Patron gegen böse Geister und Besessenheit sei er zur Zeit ohnehin nur wenig gefordert.
Katharina verlas ein weiteres Gesuch, diesmal aus Südamerika; dort wünschten Fußballer einen Patron fürs Elfmeterschießen. »Ägidius, das wäre doch was für Sie. Patron der Bogenschützen sind Sie bereits.«
Der Abt streichelte lächelnd seine Hirschkuh.
»Und Patron der Schiffbrüchigen ebenfalls. Dann könnten sich auch gleich die Trainer an ihn wenden nach dem zehnten verlorenen Spiel«, rief Veit dazwischen.
Dionys verbat sich derartige Witze. »Kam von den Feministinnen kein Gesuch? Die machen ja neuerdings auch in der Kirche von sich reden. Sogar eine feministische Theologie verlangen sie.« Er lachte auf seine unnachahmliche Weise vor sich hin. »Als ob die bisherige sehr maskulin gewesen wäre ...«
»Zwei Vorschläge liegen auf dem Tisch«, sagte Katharina. »Die emotional getönten Frauen wünschen Maria Magdalena.«
Achaz machte: »Aha!«
»Und die rational getönten – meine Wenigkeit. Aber auf mir lastet sowieso schon eine Menge: Wagner, Töpfer, Gerber und Friseure, Müller, Seiler, Spinner und dazu die akademische Klientel: Theologen, Philosophen und Juristen!«

»Obwohl du eine Frau bist, Katharina«, sagte Pantaleon. »Du mußt ihnen seinerzeit mächtig imponiert haben.«
»Danke für das Kompliment! Aber ihr seht, mir fehlt es nicht an Arbeit; mich kennen die Leute auch noch gut. Daß sie mich manchmal mit meiner Namensvetterin aus Siena verwechseln, ärgert mich nicht. Sie war auch eine gescheite Frau. Doch zurück zu den Feministinnen. Wie wär's, Margareta? Geburtshilfe brauchst du sowieso nicht allzuoft zu leisten...«
»In Europa nicht mehr oft, das stimmt, aber in Afrika und Südamerika bin ich noch nicht durch Schwangerschaftsgymnastik ersetzt.«
Jetzt konnte Achaz sich nicht mehr beherrschen. »Was geht hier eigentlich vor? Wir werden zusammengetrommelt, weil wir angeblich arbeitslos sind und einen ›Dschobb‹ brauchen, der ›aptudät‹ ist – und nun beteuert jede, daß sie hundertprozentig ausgelastet ist. Bei dir, Barbara, wird es genauso sein: Der Bergbau wird zwar abgebaut, die Artillerie desgleichen, aber gestorben wird nach wie vor, so daß du dir als Sterbepatronin auch keinen Urlaub gönnen kannst. Bei mir sieht es anders aus. Ich hatte mich auf die Ritter beschränkt. Die sind längst ausgestorben, und die Kavaliere werden es ihnen bald gleichtun. Nach euren Begriffen bin ich arbeitslos. Glaubt ja nicht, daß mir deshalb graue Haare wachsen! Ich gerate gerne in himmlische Vergessenheit. Jetzt kann ich endlich in Ruhe meine ewige Ruhe genießen. Basta!«
Er verschränkte die Arme vor der Brust zum Zeichen, wie piepschnurzegal ihm die Konferenz sei, konnte es sich aber nicht verbeißen, hörbar vor sich hin zu grummeln: »Das kommt davon, wenn man die Weiber kommandieren läßt!«
Drei Wimpernschläge lang verschlug es der Präsidentin

die Sprache. Dann entgegnete sie bissig: »Und so etwas muß man sich von jemand sagen lassen, dessen Existenz historisch nicht gesichert ist.«
Der Vorwurf reizte Achazens Zorn von neuem: »Was soll das nun schon wieder heißen? Historisch nicht gesichert! Ich trag noch die Dornen bei mir, mit denen ich zerfleischt wurde, übrigens im selben Jahre wie Sie.«
»Auf dem Berge Ararat, fünftausend Meter über dem Meeresspiegel, zusammen mit zehntausend Kameraden – sagt die Legende. Ihr wart wohl eine Gebirgsjägerdivision, die die Arche Noah auskundschaften wollte?«
»Sagt die Legende, sagt die Legende! Ich möchte ja hier an heiligem Ort vor heiligen Ohren nicht auspacken, was die Legende von der vielbesuchten Schönheit Katharina erzählt, bevor sie sich der Philosophie ergab!«
Hätten die Nothelfer nicht gebannt auf den zornroten Achaz geschaut, hätten sie gemerkt, daß Katharina sekundenlang erblaßte. »Sie mag Patronin von zehn oder hundert Fakultäten sein – über mich wurden elf Hymnen, zwanzig Sequenzen gedichtet und eine rhythmische Messe komponiert, auf Lateinisch. Ist sie damit zufrieden? Oder muß ich noch Geburtsurkunde, Taufzeugnis, Musterungsbescheid und Totenschein vorlegen? Ich fürchte, das verlangt sie von den meisten in dieser Runde vergebens.« Trotzig stülpte er sich seinen Helm auf und band ihn fest. »Ich wünsch euch weiter viel Vergnügen an der Diskussion. Ohne mich! Discussio – so viel Latein kann ich noch, um zu wissen, daß man es auch mit Zerquetschung übersetzen kann. Ich laß mich doch nicht zerquetschen, eher könnt ihr mich mal...« Weiter wußte er nicht, denn er hatte Goethe nie gelesen. Sporenklirrend marschierte er zum Seitenausgang und entschwand ins Freie. Zurück ließ er dreizehn Nothelfer, ratlos.

Ratlos aber waren nur zwölf. Während diese zwölf belämmert von einem zum andern blickten und sogar Dionys mit den Achseln zuckte, trat Sankt Ägidius vor und reichte der Präsidentin eine Schale Milch. Unbemerkt von allen hatte er während des hitzigen Wortgefechtes zwischen dem Pionier und der Professorin die Hirschkuh gemolken.
»Die Milch der frommen Denkungsart«, sagte er, als hätte er Schiller gelesen, »wird dich beruhigen.«
Katharina nickte ihm dankbar zu und schlürfte die Milch. Wenn sie nur den zwölf klarmachen könnte, wie sehr sie ihre emotionale Entgleisung bereute! Vermöchte sie nur die begreifliche Scheu einer Wissenschaftlerin vor Gefühlsäußerungen zu überwinden! Sie konnte doch als Präsidentin vor der Konferenz nicht in Tränen ausbrechen. So sagte sie nur: »Ich behauptete in keiner Weise, daß unser Freund Sankt Achatius nicht existiert. Ich deutete nur an, daß seine Existenz historisch nicht gesichert sei. Ich finde, zwischen diesen beiden Aussagen besteht eine erhebliche Differenz.«
»Für eine Professorin vielleicht«, sagte Sankt Georg, »für ein schlichtes Soldatenherz kaum. Wie viele sind denn von uns historisch abgesichert? Ich am allerwenigsten! Wißt ihr noch, wie man mich während des Zweiten Vatikanums als offiziellen Heiligen abgesägt und mein Fest am 23. April aus dem Kalender gestrichen hat? Nur weil so einer Kommission die Existenz von Drachen und Jungfrauen legendär erschien! Aber sie haben mich im Triumph zurückgeholt, die Proteste aller auf meinen Namen Getauften drangen sogar durch die Mauern des Vatikans. Ich brauchte nicht einmal mehr mit der Gründung der Gewerkschaft der degradierten Heiligen zu drohen! Wer verehrt wird, lebt allein schon dadurch, daß er verehrt wird! Und wer geliebt wird, natürlich

auch.« Den letzten Satz unterstrich ein vielsagender Blick auf Barbara.
»Wie dialektisch du auf einmal operierst!«, flüsterte sie ihm bewundernd zu, »paß auf, du kriegst noch den Ehrendoktorhut für angewandte Theologie.«
Ihm aber war seine Sturmhaube lieber.
Durch die Hirschkuhmilch beruhigt und gestärkt, führte Katharina die Diskussion weiter. Es lägen noch Anträge vor von Stewardessen, Showmastern, Kameraleuten, Schiedsrichtern – das sollte am besten jemand übernehmen, der als Patron ausgestorbener Berufe wie Garnwinder, Nagelschmiede und Lohgerber unterbeschäftigt ist.
Vorerst meldete sich aber niemand, man kannte diese Berufe zu wenig und man wußte nicht, welche Gefahren und Bedrohungen mit ihnen verbunden waren.
Ägidius erkundigte sich, ob von den Vegetariern kein Gesuch eingereicht worden sei oder von den sogenannten Ökologen und Biobauern. Für ein solches Patronat stehe er gern zur Verfügung.
»Warum nicht, falls unser zuständiger Mann für Aussaat und Ernte keine Ansprüche erhebt. – He, Veit, was treibst du denn da?«
Der Knabe Veit, von Ägidius voreilig als Mann bezeichnet, hörte nichts; er hatte zwei sonderbare schwarzlakkierte Muscheln, verbunden durch einen metallenen Bügel, über die Ohren gestülpt, zappelte auf seinem Sitz und zuckte mit den Händen, fast wie ein Märtyrer, der gerade über ein Kohlenfeuer gehalten wird.
Dionys schüttelte auf seine unnachahmliche Weise den Kopf und sagte zu seiner Nachbarin: »Man sollte keinen zum Patron ernennen, der nicht volljährig ist. Richten die mündigen Laien nicht schon genug Unheil in der Kirche an? Und dann erst die unmündigen!«

»He, was ist? Wo brennt's denn?« Veit schien endlich zu merken, daß die fragenden Blicke aller und das Kopfschütteln des Bischofs ihm galten. Er nahm die Hörmuscheln ab und sagte: »Pardon, ich mußte nur mal diesen Walkman ausprobieren. Eine tolle Erfindung! So was sollte man auch für das Wort Gottes einsetzen oder wenigstens fürs himmlische Alleluja! Dringt bis ins Innenohr!«
»Deswegen dringt es noch lange nicht ins Herz«, erklärte die Präsidentin, und fügte, als sie den Walkman auch nur in die Nähe ihrer Ohren gehalten hatte, hinzu: »Klingt wie das Geschrei im Zirkus von Alexandrien, wenn man die wilden Tiere aufeinanderhetzte!«
»Pardon, Madame«, sagte Dionys, »nahmen Sie jemals an solch perversen Lustbarkeiten teil?«
»Dreimal«, gestand sie, »vor meiner Bekehrung. Aber das spielt jetzt hoffentlich keine Rolle mehr. Wir waren bei den Biobauern und Vegetariern stehengeblieben. Wenn Veit keinen Wert darauf legt, vertrauen wir Ägidius das Patronat an.«
Veit legte keinen Wert darauf. Er witterte seine Chance anderswo. Jetzt mußten bald die Sportler an die Reihe kommen: Drachenflieger, Rallyefahrer, Wellenreiter, Skirennläufer – Leute, die kein Risiko scheuten und darum einen Beschützer doppelt nötig hatten und – zur Ehre der Sportler sei es gesagt – sich dessen auch durchaus bewußt waren. Veit hätte eine Menge Namen aus den letzten Jahren nennen können, die das Beten noch nicht verlernt hatten. Aber er kam gar nicht dazu. Offensichtlich hielt ihn die Versammlung für zu unreif, solch anstrengende Patronate zu übernehmen; man sprach diesen Vorbehalt bald verhohlen, bald unverhohlen aus und vertraute die gefährlichen Sportarten dem Cyriakus an, bloß weil dieser bisher für Besessenheit zu-

ständig gewesen war. Veit wurmte das maßlos; er fühlte sich in seiner Nothelferehre verletzt und sann auf Revanche, oder sagen wir besser: Rehabilitierung. Kurz entschlossen verließ er seinen Polstersessel und eilte, soweit es die Würde des heiligen Ortes zuließ, aus der Kirche.

»Was hat er denn?« fragte Doktor Pantaleon.

»Vielleicht muß er mal in die Büsche, er ist halt noch jung«, meinte Ägidius.

»Ausgerechnet er, der Patron der Bettnässer und Blasenschwachen! Da sieht man, was seine Hilfe wert ist. Medice, cura teipsum – Arzt, heile dich selbst, kann man da nur sagen!«

Veit mußte aber gar nicht. Draußen auf der Prachttreppe warf er sich auf die Knie, sammelte alle Kraft zum Gebet und stellte nicht ohne Genugtuung fest, wie sich der bisher strahlend blaue Himmel verdüsterte und von allen Richtungen unheilschwangere Wolken nach Vierzehnheiligen stürmten, als wollten auch sie dort einen Kongreß abhalten. Und was für einen! Keine fünf Minuten dauerte es – und ein fürchterliches Unwetter prasselte auf den frommen Landstrich nieder, Hagel, mit Regen vermischt, Blitz und Donner in schnellem Wechsel; sämtliche heidnischen Wettergötter hätte ein derartiges Spektakel mit blankem Neid erfüllt.

Mit einem triumphierenden »Na-was-sagt-ihr-jetzt«-Gesicht kehrte Veit ins Gotteshaus zurück. Wartet mal, wer jetzt als erster angerufen wird!

Die Konferenz hatte sich gerade wegen eines Patronatsgesuches der »Ehrenwerten Gesellschaft« – allgemein als Mafia bekannt – dermaßen erhitzt, daß keiner den Ausbruch des Unwetters wahrgenommen hatte. Jetzt aber, da man die Frage einem noch zu bildenden Ausschuß zugeschoben und die Debatte sich beruhigt hatte, lie-

ßen sich Donner und Wolkenbruch nicht mehr überhören.
Als Veit sich näherte, sagte General Eustach zu ihm: »Es war doch vorhin noch kein Wölkchen zu sehen. Hast du etwa ...?«
Der Knabe grinste fröhlich. Wetterpatron bleibt Wetterpatron. Nun würden sie sehen, was er vermochte. Nun würden sie an seinen nothelferischen Talenten nicht mehr zweifeln. Gespannt wartete er, ob Christophorus oder Blasius eingreifen würde; auch sie hatte man früher bei Unwetter um Hilfe angerufen. Doch die beiden griffen nicht ein. Im Zuge allgemeiner Spezialisierung hatte sich Blasius auf die Halskrankheiten konzentriert; und wie beschäftigt der Patron der Autofahrer am ersten Ferientag war, konnte sich jeder denken. Ihn interessierten Wolkenbrüche und Hagelwetter nur noch als Ursachen von Massenkarambolagen.
Katharina forderte Veit auf, wieder Platz zu nehmen. Da öffnete sich die linke Seitentür und zwei Männer traten ein, triefend vor Nässe. Nennen wir sie Fritz und Franz.
Die Nothelfer beobachteten sie gespannt. Würden sie vor den Gnadenaltar treten und sie anrufen? Die beiden schienen aber weder fromme Anwandlungen im Sinn zu haben noch für barocke Architektur empfänglich zu sein. Sie streiften sich die klitschnassen T-Shirts über den Kopf und wrangen sie an der Kirchentür aus, gottlob nicht über dem Weihwasserbecken.
»Dein Wetter hat sie hergelockt«, sagte Katharina streng zu Sankt Veit, »jetzt schau zu, wie du sie wieder loswirst. Sonst stellen sie uns lauter dumme Fragen.«
»Und dazu brauchen wir wirklich keine Fremden«, sagte die spottlustige Barbara und knuffte Georg in die Seite.
Als die Männer Veit herankommen sahen, glaubten sie

wohl, er sei ein Kirchendiener, und warfen sich die ausgewrungenen Hemden über die Schultern, um nicht zu nackt zu erscheinen.
Zur Rechtfertigung ihres Tuns schimpften sie über das Sauwetter im gröbsten Dialekt. Kein Wunder, die Regengüsse hatten sie bis auf die Haut durchnäßt, regelrecht weichgespült. Wer nimmt auch an einem solch strahlenden Sommertag einen Schirm mit auf den Ausflug? Und alles brach aus heiterem Himmel ohne Vorwarnung herunter, Hagelkörner, groß wie Kiebitzeier.
Veit gesellte sich zu ihnen und stimmte ihren Klagen zu. »Jaja, es ist schrecklich. Wieder mal werden die armen Landleute um ihrer Hände Arbeit gebracht!«
Franz blickte ihn verwundert an, während er den rechten Schuh auszog und das Wasser ausschüttete. »Arme Landleute, Hände Arbeit – was redest du da?«
»Ist das vielleicht nicht furchtbar, wenn ein Hagelschlag die ganze Ernte verwüstet?«
»Furchtbar?« Franz lachte belustigt auf. »Ein wahrer Segen ist das! Erst gestern las ich in der Zeitung den Ausspruch eines Bonzen vom Bauernverband: Nur eines kann uns helfen: Hagel, Hagel, Hagel! Und schon prasselt er hernieder, wie herbeigebetet!«
»Wie herbeigebetet?« fragte Veit verblüfft. »Wie meinen Sie das?«
»Sag mal, was lernt denn ihr in der Schule? Hast du noch nichts von Agrarüberschüssen gehört? Die EG weiß schon heute nicht mehr, wohin mit dem Erntesegen. Noch ein Rekordergebnis, und Europa erstickt an seinen Produkten. Darum kommen solche Katastrophen sehr gelegen. Die Bauern kriegen sowieso ihr Geld von der Versicherung, und der Getreideberg wird um einen Zentimeter niedriger.«
Veit kapierte. »Darum also ruft uns niemand mehr an.«

»Arbeitest du im Katastrophendienst?«
»So ungefähr könnte man's nennen. Drüben in Staffelstein.«
Jetzt mischte sich Fritz ein. »Wenn ich das gewußt hätte! Neulich, beim Rohrbruch dauerte es eine halbe Stunde, bis die Feuerwehr kam. Bis dahin war der ganze Keller überschwemmt. Wie heißt denn deine Firma?«
»Vierzehn Nothelfer.«
»Klingt nicht schlecht. Und welche Nummer habt ihr?«
»Nummer?«
»Um euch anzurufen.«
»Da brauchen Sie doch keine Nummer. Sie knien einfach nieder, oder auch nicht, und beten aus vollem Herzen: Heiliger Veit, steh mir bei!«
Die beiden sahen ihn zweifelnd an und blinzelten sich zu. »Und das soll helfen?«
»Was hilft denn sonst?«
»Bei Rohrbruch der Klempner, mein Junge.« Er blickte zur Tür hinaus. Der Regen hatte nachgelassen. Sie konnten es wagen, bis zu ihrem Auto am unteren Parkplatz zu gehen.
Franz meinte zu Fritz: »Ein komischer Kauz!« Meinte Fritz zu Franz: »Aber ein tolles Gottvertrauen, wie meine Tante, die sich ohne Führerschein ans Steuer setzt!«
Enttäuscht trabte Veit zur Konferenz zurück.
»Nun, wie war's?« fragte Barbara.
»Deprimierend! Aber eines schwöre ich mir: Nie wieder werde ich so töricht sein und jemandem verraten, wer ich bin.« Und dann erzählte er ihnen, was ihm widerfahren war.
»Offensichtlich brauchen uns die Menschen nicht mehr, wie unsere Präsidentin eingangs andeutete«, meinte Doktor Pantaleon. »Sie denken sich: wozu himmlische

Nothelfer, wenn die irdischen buchstäblich aus dem Boden sprießen? Schaut euch nur ihre klotzigen Versicherungspaläste an! Gegen alle Risiken des Lebens sind sie versichert, vom verregneten Urlaub bis zum schulischen Versagen ihrer Sprößlinge. Und die Versicherungen ihrerseits sind nochmals rückversichert. Wen wundert es da, daß ihr Gottvertrauen schrumpft wie eine Säuferleber?«
Cyriak rümpfte die Nase. Ließe sich das nicht weniger bauerndoktormäßig ausdrücken?
Pantaleon fuhr fort: »Sogar die Ordensleute lassen sich versichern, seit die Kosten im Gesundheitswesen explodiert sind. Der Darmverschluß eines Abtes und die psychogene Migräne einer Provinzialoberin könnten sonst ganze Klöster ruinieren.«
»Früher bemühte man uns in solchen Fällen«, warf Blasius ein. »Ob mit größerem Erfolg, weiß ich nicht – auf jeden Fall mit geringeren Kosten.« Er dachte an die Honorare der HNO-Ärzte. »Und dann ärgern sie sich noch, wenn manche Patienten am 3. Februar zum Blasiussegen anstatt in ihre Sprechstunde eilen.«
»Ja früher, früher! Wann hatte sich das alles nur geändert?« Sie blätterten im Geiste das Buch der Geschichte zurück. »Achtzehntes Jahrhundert, das waren noch Zeiten. An manchen Festtagen mußten zwei Dutzend Mönche aus Kloster Langheim hoch zu Roß herüberreiten, mit silbernem Zaumzeug, um den Wallfahrern die Beichte abzunehmen und die Messen zu feiern. Doch die neue Basilika stand keine dreißig Jahre, da brach der Klostersturm über die Wallfahrtsblüte herein: die Säkularisation. Du schüttelst mißbilligend dein Haupt, verehrter Doktor?«
»Mit Grund, lieber Bischof! Sicher richtete die Säkularisation manchen Schaden an. Doch sie schnitt auch

manchen unguten Auswuchs der Volksfrömmigkeit ab, der an Aberglauben grenzte. Eine gewisse Gesundschrumpfung tat der Kirche damals ganz gut.«

Verwunderte Blicke streiften Pantaleon. Es mochte ja stimmen, was er sagte, aber mußte ausgerechnet er vom Gesundschrumpfen sprechen, der als Nothelfer gegen die Auszehrung angerufen wurde? Der soll nur aufpassen, daß er nicht den Spitznamen »Schrumpfli« kriegt, der gute Doktor!

Erasmus fuhr fort: »Wir wissen, was geschehen ist. Die damaligen Minister in München bescherten dem Volk die ›Segnungen der Aufklärung‹ und kassierten als Dank für diese Wohltat sämtliches silberne und goldene Kirchengerät. Die Wallfahrt wurde ganz verboten. Heimlich, wie Verschwörer, mußten sich die Pilger zu unserem Heiligtum schleichen. Wer erwischt wurde, landete im Kittchen. Doch je mehr man verbot, desto mehr kamen, und eines Tages sah sich die hohe Obrigkeit genötigt, doch eine Art von Wallfahrtsdienst zuzulassen. Da machte ein Blitzschlag alles zunichte: Turm und Dachstuhl der Kirche verbrannten. Wir müssen ernstlich fragen: Womit waren unsere Wetterpatrone damals beschäftigt? Hielten sie vielleicht ein Arbeitsfrühstück ab?«

»Wir haben Schlimmeres verhindert«, verteidigte sich Veit. »Außer der Orgel wurde im Kircheninnern nichts zerstört.«

»Aber die Kirche blieb jahrelang schutzlos dem Wetter ausgeliefert!«

»Was ihr zum Segen gereichte, sonst hätte der Staat nie etwas für sie getan. So griff sogar der König in seine Privatschatulle, um die Kirche zu retten.« Der erste Ludwig natürlich, der zweite spielte lieber den Nothelfer für Richard Wagner als für Vierzehnheiligen.

»Tatsächlich lebte die Wallfahrt wieder auf, in purgierter Form, lieber Doktor. Der Bau wurde restauriert, ein eigenes Gesamt-Nothelfer-Fest eingeführt. Einigen von euch paßte dieser kollektivistische Ausrutscher nicht, wißt ihr noch? Immerhin, es wurde stets würdig gefeiert, mit Pontifikalämtern unserer Bamberger Kollegen, zwei Predigten und einer gewaltigen Prozession. Heute hielten das nur die ältesten Mütterlein aus. Auch nach dem Ersten Weltkrieg: Dankwallfahrten der Soldaten mit Musikkapellen, Fanfaren und Standarten, Kronprinzen und gekrönten Häuptern.«
»Kam der Adolf eigentlich auch?« fragte Veit dazwischen. »Er war doch sehr an Architektur interessiert.«
»Keine Ahnung«, antwortete Erasmus. »Angerufen wurde keiner von uns. Allenfalls Cyriak, der Patron gegen böse Geister!«
Cyriak scherzte: »Wäre kaum möglich, da er doch selbst einer war.«
Erasmus fuhr fort: »Nicht einmal die braunen Schergen konnten die Wallfahrt unterbinden. Freilich, geliebte Diözesanen – pardon, liebe Schwestern und Brüder –, seien wir ehrlich, die Wallfahrten galten mehr der Gottesmutter und ihrem Sohn als uns. Doch tat das keinem weh, wenn sie zu dem beteten, zu dem auch wir in unserer Not gebetet hatten. Wir Nothelfer sind wie Referenten einer großen Behörde, die Leute wenden sich an sie, weil sie den Chef nicht belästigen wollen. Sie meinen, er sei mit weltumspannenden Sorgen genug belastet.«
»Und manche laufen sowieso lieber gleich zum Schmied als zum Schmiedel«, ergänzte der Knabe Veit keck.
Die Konferenz erblaßte. So ehrfurchtslos zu reden! Was erlaubte sich der Knabe? Man billigte ihm manchen pubertären Spaß zu, aber das ging zu weit. So schreiben ja

nicht einmal die respektlosesten christlichen Autoren! Und auf einmal fanden einige überhaupt viel auszusetzen an dem bald saloppen, bald spöttischen, auf jeden Fall zu wenig seriösen Konferenzton.
Cyriak machte sich zu ihrem Sprecher. »Würde jemand, der zufällig unseren Debatten lauscht, auf den Gedanken kommen, daß wir hochzuverehrende Heilige sind? Wie ich vorhin zwar sagte, wurde uns erlaubt, die kleinen irdischen Untugenden wieder aufzufrischen, sobald unser Fuß die Erde betritt, doch das muß nicht gleich ausarten.«
Eustachius meldete sich zu Wort. »Daß sich jemand im Ton vergreift, finde ich nicht so schlimm. Schlimmer ist es, daß die große Linie fehlt. Unsere verehrte Präsidentin hat eine Marschroute ausgearbeitet, die man Tagesordnung nennt. Doch sie wird nicht eingehalten. Bald dort eine Lücke stopfen, bald hier eine Attacke reiten, das ist Flickwerk, Freunde! Das heißt, die Kräfte auf Nebenkriegsschauplätzen zu verzetteln. So erobert ihr keinen Fußbreit des verlorenen Terrains zurück. Wir brauchen ein überzeugendes strategisches Konzept!«
Georg und Barbara applaudierten diesen Worten, den andern klangen sie zu martialisch in den Ohren, besonders Cyriak.
Eine halbe Minute lang herrschte Schweigen, keiner schien zu wissen, wie es weitergehen sollte. Da sagte Veit, ausgerechnet der kecke Knabe, in die Stille: »Wir hätten eben doch zuerst den Heiligen Geist anrufen sollen!«
Die Bischöfe erröteten in cumulo*. Ein Laie, und der jüngste obendrein, beschämte sie! Weiß Gott, sie hätten daran denken müssen! Aber da sie sich verspätet hatten

* in ihrer Gesamtheit.

und die andern ungeduldig warteten, hatten sie sich gleich mit Feuereifer in die Debatte gestürzt. Dionys, Blasius, Erasmus schlugen sich an die Brust. Mea culpa, mea culpa, mea maxima culpa! Und die anderen folgten ihrem Beispiel. Und jeder dachte bei sich: Hoffentlich erfährt niemand in der Kirche von unserem Versäumnis, sonst verlieren wir den letzten Rest an Respekt. Einstimmig beschlossen sie, den Fehler wiedergutzumachen. Sie formierten sich zu einer kleinen Prozession: voran die Ritter Georg und Eustach mit gesenkten Schwertern, dahinter die drei Jungfrauen Katharina, Margareta und Barbara; die jüngsten Nothelfer, Veit und Cyriak, übernahmen die Rolle der Ministranten, es folgten die Bischöfe, Dionys in der Mitte, die Nachhut bildeten Christophorus und Pantaleon sowie Ägidius mit seiner Hirschkuh. So wallten sie zum Mittelgang und stellten sich vor den Stufen des Hochaltars auf, dann knieten sie gemeinsam nieder, und die Bischöfe stimmten die uralte Anrufung des Heiligen Geistes an:

»Veni Creator Spiritus
Mentes tuorum visita:
Imple superna gratia
Quae tu rea creasti pectora!«

Und sangen mit fester Stimme alle sieben Strophen.

Das Unwetter über dem Maintal hatte sich ins Fichtelgebirge getrollt. Über den vierzehn Heiligen braute sich ein neues zusammen, freilich ein Unwetter anderer Art, das nicht einem Sturmtief über der Nordsee entstammte, sondern in den Gehirnen der Polizei ausgekocht wurde. Der bischöfliche Lastensegler war nicht unbemerkt geblieben. Grenzschutz und Grenzpolizei

hatten ihn beobachtet und sein unvermutetes Auftauchen im Niemandsland an der Zonengrenze an ihre vorgesetzten Dienststellen weitergeleitet. Selbstverständlich wurden auch die militärische Luftüberwachung alarmiert, das Control and Reporting Center in Freising, Abfangjäger in Leipheim und Nörvenich zum Einsatz klargemacht, sogar der NATO-Stab SACEUR informiert. Allerdings wollte man nicht gleich mit Kanonen auf mögliche Spatzen schießen und begnügte sich damit, Hubschrauber auf die Suche nach dem Motorsegler zu schicken. Ihre Aufgabe war nicht einfach. Das windige Wetter hatte viele Sportflieger zwischen der Rhön und der Fränkischen Schweiz zum Aufsteigen verlockt.
Bei den NATO-Stäben herrschte keine sonderliche Aufgeregtheit. Ein Lastensegler bringt das atomare Gleichgewicht kaum durcheinander und verschlimmert das konventionelle Ungleichgewicht auch nicht mehr.
Eine ähnliche Gelassenheit durfte sich die Polizei nicht erlauben. Ihr lagen noch andere Meldungen vor. Staffelstein meldete das Überfliegen des Mains durch ein Amphibienauto unbekannten Typs, das bisher nicht entdeckt werden konnte; in der Inspektion Lichtenfels waren höchst kuriose Nachrichten über einen Trupp bewaffneter Reiter im Langheimer Wald eingetroffen; radikale Studenten bereiteten angeblich einen Marsch auf Schloß Banz vor, wo sich die Sondermüllexperten zu einem internationalen Symposium versammelt hatten; unter der Fanpost des Wotansängers fand sich eine Bombendrohung.
»Spinnt heute alles?« polterte der Polizeidirektor Sauerbier. »Wir haben doch nicht den 1. April. Soll ich diesen Unsinn vielleicht ans Präsidium melden? Bewaffnete Reiter, Amphibienauto ...«
»Jede Meldung, einzeln genommen, ergibt keinen Sinn«,

meinte Polizeirat Wichtig, der in unserer Geschichte noch die Rolle spielen wird, die seinem Familiennamen angemessen ist. »Man könnte sie als Ausgeburten hitzegeschädigter Schwammerlsucher oder Sonnenanbeter abtun. Doch im Zusammenhang mit dem nach Nordbayern gelangten, bisher noch nicht identifizierten Flugobjekt und der Bombendrohung eröffnen sich, gestatten Sie mir, nicht unbedrohliche Aspekte.«
»Dieses unbekannte Flugobjekt – was wird es anderes sein als ein Fluchtmittel findiger DDR-Bewohner, ähnlich dem selbstgebastelten Heißluftballon, der vor einigen Jahren bei uns gelandet ist? Und diese Bombendrohung – der übliche dumme Scherz eingefleischter Wagnerfeinde. Es gibt nun mal Menschen, die den ›Ring‹ nicht mögen.«
»Und wenn es diesmal ernst ist? Es sind noch mehr Prominente zur Eröffnung der Festspiele angereist als sonst, mindestens zweihundert Persönlichkeiten, deren Entführung sich lohnen würde. Der Bundespräsident hat gottlob abgesagt, der Kanzler erscheint erst zur ›Götterdämmerung‹; aber da sind noch der Außenminister, der Umweltminister und etliche Staatssekretäre, hochrangige Diplomaten und vor allem einige sehr betuchte Konzernherren und Großunternehmer, von den Mitgliedern der bayerischen Staatsregierung gar nicht zu reden.«
»Schon gut, schon gut; Sie brauchen mir nicht unter die Nase zu reiben, daß sich in Bayreuth heute mehr Prominenz versammelt als im urlaubsmüden Bonn! Aber das war alle Jahre so, und nie ist etwas passiert. Bayreuth ist nicht Beirut.« Das war der Witz, den er bei jeder Gelegenheit an- und der seine Untergebenen aufbrachte. »Oder wollen Sie den Grünen Hügel nach versteckten Bomben durchwühlen und sämtliche Polstersitze im

Festspielhaus nach aufgepappten Sprengsätzen untersuchen?«
»Überlassen wir das dem Präsidium. Als Ziel terroristischer Aktionen kämen übrigens auch die Munitionsdepots bei Memmelsdorf in Frage.«
»Nicht auch die Großbrauereien in Kulmbach?« fragte Sauerbier süffisant.
»Auf jeden Fall wird man das Landeskriminalamt verständigen, die näheren Flughäfen überwachen und zumindest im Lokalfunk die Bürger zur Wachsamkeit auffordern müssen.«
»Sie machen sich sehr wichtig!«
»Die Situation ist nun einmal danach, Herr Direktor.«

Der Polizeipräsident dinierte gerade mit illustren Gästen, wie der Venus aus dem »Tannhäuser« und der Floßhilde aus dem »Rheingold«, im Séparée des Feinschmeckerlokals »Hundingshütte«, als man ihm, ausgerechnet zum »Filet à la Parsifal« die Schreckensmeldungen servierte. Er gab Anweisung, außer dem Landeskriminalamt unverzüglich auch das Innenministerium und die Staatskanzlei zu verständigen. Immerhin wurde der Ministerpräsident zur heutigen Premiere der »Meistersinger von Nürnberg« mit großem Gefolge erwartet.
Als er vom Telefon zurückkehrte, fragte Floßhilde neugierig: »Etwas von Bedeutung, Herr Präsident? Sie sehen bekümmert aus.«
»Bekümmert?« Er machte eine wegwerfende Handbewegung. »Der übliche Hickhack vor der Eröffnung. Lassen wir uns den Appetit nicht verderben.« Aber das Soufflé schmeckte ihm dann, wie der scharfe Blick der Venus feststellte, nicht so gut wie sonst.

Der Landesvater reagierte souverän. Er schnallte sich gerade im Cockpit seiner Maschine an, hinter sich seine potentiellen Nachfolger, als man ihm die Meldung über die sonderbaren Vorfälle in Oberfranken übermittelte. »Ich würde lieber von sonderbaren Zufällen sprechen«, meinte er.

Trotzdem gab er Anweisung, den Flughafen Bindlach bei Bayreuth während seiner Landung durch ein verstärktes Polizeikommando abzusichern. Dann erhob er sich in die weißblauen Lüfte. Aus der Ferne grüßte der Watzmann.

Das »Veni Creator« half. Präsidentin Katharina konnte die Tagesordnung Punkt für Punkt durchnehmen. Was man zuvor nur flüchtig gestreift oder gar ironisch glossiert hatte, wurde ernsthaft und gründlich ausdiskutiert, neue Aufgaben wohlüberlegt verteilt. Wir wollen den Leser jedoch nicht mit dem Protokoll darüber ermüden. Es reicht schon, wenn die Teilnehmer selbst ermüdeten. Alle waren froh, als Sankt Ägidius nach zwei anstrengenden Stunden eine Pause vorschlug. Vielleicht wollte er mit Nanni nur Gassi gehen. Doch auch bei anderen Nothelfern regten sich natürliche Bedürfnisse. Eigentlich hatten sie nicht damit gerechnet, als sie zum Zweck der Konferenz den irdischen Leib zurückerhalten hatten.
»Ein bißchen frische Luft tut allen not«, sagte der Einsiedler. »Jeder mache, was ihm beliebt: ein Schläfchen einlegen, den nahen Wald durchstreifen, durch die Ortschaft schlendern – aber nicht zu auffällig bitte, sonst haben wir gleich die Neugierigen am Hals, oder meinetwegen Arbeitsgruppen bilden.«
Pantaleon und Bischof Dionys taten dies auch und bildeten eine Arbeitsgruppe über psychogene Migränen. Das Thema regte sie so an und auf, daß sie vergaßen, den Inhalt ihrer Lunchbox zu verzehren. Und so können wir leider den wißbegierigen Lesern nicht schildern, auf welch unnachahmliche Weise der Oberhirte von Paris die Speisen einzunehmen pflegte.

Sankt Georg bot Sankt Barbara den Arm. »Gestatten, gnädiges Fräulein, daß wir eine Arbeitsgruppe bilden?« Sie stimmte zu. Eilends überquerten sie den leeren Parkplatz oberhalb der Kirche – Christophorus' Wunderfahrzeug gönnten sie nur einen flüchtigen Blick – und schlugen einen, wie sie hofften, einsamen Waldweg ein.
»Findest du nicht auch, daß diese Konferenz überflüssig ist, Bärbel?«
»Das haben Konferenzen so an sich. Aber sie gehören nun mal ins Zeitalter des endlosen Geschwätzes. Dieser Ausdruck stammt übrigens von unserer Philosophenkönigin.«
»Ja, ja, und sie trägt nicht wenig zu seiner Berechtigung bei. Dieses unaufhörliche Reden! Wenn ich seinerzeit mit dem Drachen disku- oder disputiert hätte, wäre ich längst an seinem Qualm erstickt. Der böse Feind muß mit frischem Mut angegangen werden. Da können die Waffen nicht schnell, die Geschütze nicht schwer genug sein. Und wenn man ihn schon nicht tödlich trifft, scheucht man ihn wenigstens in seine Höhle zurück. So lautet mein Wahlspruch.«
»Den du aber am besten nur leise verrätst, heutzutage. Es ist alles so kompliziert geworden, lieber Schorsch. Uns fragte der heidnische Richter: Schwörst du deinem Glauben ab oder nicht? Und wir wußten genau: Wenn wir nicht abschwören, bedeutet das den Tod durch Henkers Hand.«
»Und das Leben durch Gottes Hand! Aber diese Sprache verstehen sie heute nicht mehr. Selbst der Papst läßt sich bewachen wie ein Regierungschef, der um sein Leben zittert, und reist im kugelsicheren Papamobil. Manchmal denke ich mir, sie halten uns alle für blöd, weil wir unser Blut für Christus vergossen haben, anstatt uns diplomatisch-dialektisch herauszuwinden.«

»Sie lieben ihr Leben zu sehr, das vergängliche, meine ich. Vielleicht bietet es auch mehr Freuden und Reize als zu Diokletians Zeiten. Und so schätzen sie das unvergängliche gering. Das können sie nicht sichtbar machen. Dabei zeigen sie sonst alles auf ihren Bildschirmen: den Embryo im Schoß der Mutter wie die hintersten Sterne der Milchstraße! Nur Gott kriegen sie nicht vor ihre Objektive. Und so wimmelt es von ungläubigen Thomasen – sie glauben nicht, weil sie nicht sehen.«

Georg widmete ihr einen ausgiebigen Verehrerblick. »Wie gelehrt du reden kannst – und trotzdem verständlich. Du bist also nicht nur in Ballistik und im Bergbau beschlagen. Doch du warst schon immer ein Tausendsassa. Erinnerst du dich noch, wie wir uns zum ersten Male trafen? Anno 299! Fast siebzehnhundert Jahre zurück. Kinder, wie die Zeit vergeht! Aber mir kommt's vor, als wäre es erst gestern passiert.«

»Mir auch. Du wolltest in Vaters Geschäft neue Lanzenspitzen kaufen. Vater war aber auswärts, und so mußte ich dich bedienen. Hab ich dich angehimmelt, den berühmten Hauptmann Georg aus Kappadokien! Von deiner Tapferkeit wurden wahre Wunderdinge erzählt. Ein Dutzend Drachen in den Boden gespießt!«

»Aufgebauscht, Bärbel, alles aufgebauscht!«

»Unzählige Jungfrauen vor der Schande gerettet! Und so ein Held stand vor mir und prüfte Lanzenspitzen. Mich hast du kaum bemerkt.«

»Sag das nicht!«

»Erst später, beim dritten Mal. Trotzdem wagte ich nicht, dich zu bitten, mich auch zu befreien – von der Tyrannei meines Stiefvaters. Er war schlimmer als die meisten deiner Drachen.«

»Klar«, sagte Georg, »das wäre am besten gewesen. Aber

für mich war er ein reeller Geschäftspartner, und so einen macht man nicht ohne weiteres um einen Kopf kürzer. Im Laden benahm er sich vernünftig und kulant. Konnte ich ahnen, was er zu Hause für ein Wüterich war? Schlägt seiner Tochter den Kopf ab, weil sie den Götzen nicht opfert!« Er hielt einen Augenblick inne. »Merkwürdig, wie leicht man heute über so was spricht. Entschuldige bitte!«
»Ich bin nicht zimperlich, das weißt du doch.«

»Ganz Nikomedien war entsetzt über diese Bluttat, auch viele Heiden, glaube mir.«

»Ich hab's verkraftet, besser jedenfalls als unser Kollege aus Paris, der mit seinem Kopf hausieren geht.«

»Du meinst, der ihn spazierenträgt, liebe Bärbel! Gott sei Dank, tust du das nicht. Man hätte große Schwierigkeiten, dich geziemend zu umarmen.«

»Und jetzt hast du keine?« Sie blickte ihn lachend an.

Geübten Blickes peilte Ritter Georg die Gefechtslage. Als Kavalier alter Schule hätte er sich lieber die Zunge abgebissen, als vor den Augen unbefugter Dritter ein Mädchen geküßt. Zu diesem Zweck sich ins Gebüsch zu verkriechen, verschmähte er natürlich ebenso. Er blickte voraus, zurück und zur Seite. Niemand zu sehen. Ägidius graste mit seiner Hirschkuh auf der nächsten Lichtung, der Wald stand schwarz und schwieg, als hätte er Matthias Claudius gelesen. Doch als unser Ritter die Sturmhaube abnahm und die Scharniere seines Brustpanzers etwas lockerte, hörte man den Diakon singend näher kommen:

»Exstingue flammas litium aufer calorem noxium.«*

Die Mittagshore des Stundengebetes! Und schon tauchte er auf, nicht ahnend, was er anrichtete. (Hätte er es geahnt, er hätte es erst recht getan!) Beim Anblick des Paares hob er den Zeigefinger.

»Und so einer hat es in der Pfalz zum Weinpatron gebracht!« entrüstete sich Barbara.

»Das dürften sauere Trauben geworden sein«, ließ Georg sich enttäuscht vernehmen und setzte seine Sturmhaube wieder auf. Der Diakon wallte unaufhaltsam auf sie zu und lud sie zum Mitsingen ein. Als Heilige konnten sie nicht nein sagen.

* Lösch aus die Flammen des Streites, nimm weg die schädliche Glut.

Den Knaben Veit plagte fürchterlicher Hunger. Sein Pausenbrot hatte er schon während der Konferenz heimlich verzehrt. Geld hatte er nicht. Es klingelten zwar einige Münzen in seiner Tasche, aber es waren die falschen. Das merkte er erst, als er sich zur Erfrischungsbude begab, um etwas Eßbares zu kaufen. »Junge, Junge, was soll ich mit der alten Reichsmark? Die war ja schon zu Adolfs Zeiten nichts mehr wert«, lachte ihn der Verkäufer aus. Aber weil Veit ihn so treuherzig anlächelte und mit seinem mediterranen Wuschelkopf an heiße Nächte in Benidorm erinnerte, schenkte er ihm einen Hamburger und eine Büchse Cola. Veit juckte es, ihm hinterrücks einige Mark aus der Kasse zu stibitzen – doch er hätte es beim bösesten Willen nicht übers Herz gebracht. Siebzehn Jahrhunderte ewige Seligkeit formen und festigen den Charakter eines Menschen eben doch, sogar den eines Straßenjungen aus Sizilien.

Veit suchte sich einen schattigen Winkel und verzehrte, was Amerika zu bieten hat.

Die Sonne stach jetzt ungehindert vom Himmel. Und trotzdem braute sich irgendwas zusammen. Es roch nach Gefahr. Als junger alter Wetterpatron besitzt man eine Witterung dafür. Aber was für eine Gefahr konnte drohen? Der Platz vor der Kirche lag still wie ein Friedhof da. Drei, vier Autos parkten vor dem Wirtshaus. Dort labte sich vermutlich Sankt Achaz an Schweinebraten und dunklem Bier – der beneidenswerte Außenseiter! Doch vielleicht erlebte er beim Bezahlen der Zeche eine ähnliche Enttäuschung wie er? Was er dann wohl machte? Das Schwert versetzen? Niemals! Eher würde er mit dem Schwert die Theke zertrümmern.

Seine Augen schweiften weiter und entdeckten Katharina. Die Präsidentin ging – pardon, sie erging sich, wie

es ihrem Range zustand – ohne jeden Sonnenschutz in der Mittagshitze. Naja, in Ägypten war sie heißere Temperaturen gewohnt. Stiegen etwa deshalb kleine weiße Wölkchen aus ihrer Nase auf? Das darf doch nicht wahr sein: die Philosophenkönigin rauchte!
Im Nu war Veit bei ihr. »Schmeckt es, Frau Professor?« Sie war nicht aus der Fassung zu bringen. »Schmeckt es denn dir?« entgegnete sie und deutete auf den Hamburger.
Veit lachte: »In der Not frißt der Teufel Fliegen! Aber daß Sie Zigaretten rauchen!«
»Wundert dich das? Ein Wissenschaftler darf kein Experiment scheuen, lieber Veit. Doch zur Sache: Was meint der Vertreter der Jugend zu unserer Konferenz?«
»Alles schön und gut, was Sie da vorschlagen«, sagte er. »Doch wer sich heute verkaufen will, braucht einen griffigen Namen.«
»Wollen wir uns verkaufen, Veit?« entgegnete sie mit dem spöttischen Lächeln, das ihr so prächtig stand.
»Wir wollen wieder bekannt werden und gefragt sein. Nothelfer – was für ein Name! Die meisten denken dabei an die Polizei.«
»Ist das so schlecht?«
»Ja, weil beim Wort Polizei die meisten wiederum an Handschellen und Knöllchen denken. Möglicherweise zu Unrecht, aber es ist nun einmal so. Wir müssen uns einen Namen zulegen, der aufhorchen läßt, der interessiert, der elektrisiert, der beweist, daß wir nicht von gestern sind.«
»Wir sind es aber. Daran ist nicht zu rütteln.«
»Wir sind aber auch von heute und wollen auch von morgen sein.« Er zog ein bekritzeltes Stück Papier aus dem Bausch seines Gewandes. Mit Vorschlägen für einen neuen Namen. Katharina bat ihn, vorzulesen.

»Beim ersten Vorschlag bleiben sogar die Nothelfer erhalten. Nothelfer-Union – abgekürzt NU, gewissermaßen als Gegenstück zur UN.«
»Hoffentlich nicht ebenso hilflos wie diese!« kommentierte Katharina. »Aber Union wäre nicht schlecht.«
»Das meine ich auch. Hier: Himmlisch-Soziale-Union.«
»Abgekürzt HSU – nein, lieber Veit, dann hält man uns für die jenseitige Ortsgruppe einer sehr diesseitigen Partei. Abkürzungen sind meist problematisch.«
»Aber heute beinah unvermeidlich. PÜV zum Beispiel: Paradiesischer Überwachungsverein. Paradiesisch klingt Ihnen wohl zu romantisch? Klingt Himmlische Hilfe besser – abgekürzt Hihi?« Jetzt lachten sie beide. Dann las er weiter vor. »Die nächsten finde ich selbst nicht recht gut: Kollektiv der Patrone, KdP, oder Jenseitige Hilfsorganisation, JHO. Persönlich ziehe ich schmissige Namen vor: Die glorreichen Vierzehn, zum Beispiel.«
»Da denkt jeder an eine Fernsehserie und schaltet gleich ab.«
»Oder englisch: Top Fourteen.«
»Das klingt nach einer Hitliste.«
»Und Club 14? Finde ich toll.«
»Sind wir eine Disko?«
»Nein«, sagte Veit gekränkt. »Sie müssen aber auch alles madig machen.«
»Ich bin nun mal kritisch veranlagt. Sonst hätte ich's nie zur Christin gebracht, mein lieber Veit! Hast du noch andere Vorschläge auf Lager?«
Er knüllte den Zettel zusammen und warf ihn zu Boden. »Vorläufig nicht. Aber vielleicht fällt mir nach der Pause etwas ein.«
»He, junger Mann«, tönte plötzlich ganz nah die Stimme Margaretas. »Nichts auf den Boden werfen! Wozu sind die Papierkörbe da? Als Heilige haben wir

die Pflicht, gegen die Umweltverschmutzung mit gutem Beispiel voranzugehen.«

»Ja doch«, brummte Veit und dachte sich: Wie gut, daß die nicht alt wurde, sie wäre eine strapaziöse Tante geworden. Aber er hob den Zettel auf und brachte ihn zum nächsten Papierkorb. Der war schon seit längerer Zeit nicht mehr geleert worden, geknickte Colabüchsen, zerknüllte Illustrierte, Obstreste, wespenumsummt in Plastiktüten, und ein dickes Heft mit vielen bunten, lustigen Zeichnungen und aufregenden Texten: Asterix der Gallier! Er stürzte sich auf die Lektüre wie ein Gourmet aufs Salatbüffet.

Katharina kehrte in die Kirche zurück, um mit den Bischöfen die Tagesordnung zu koordinieren, Margareta schlenderte zu den Verkaufsbuden vor der Wallfahrtskirche. Was da angeboten wurde, konnte sie sich leicht denken. Zum Teil derselbe devotionale Krimskrams wie vor den Götzentempeln von Antiochien – Öllämpchen, Kerzen aller Größen, kleine Nachbildungen des Heiligtums vom Gips bis zum Zuckerguß, aber natürlich auch Gegenstände ausgesprochener christlicher Volksfrömmigkeit und Souvenirs weltlichen Zuschnitts, bunte Halstücher, Spazierstöcke, Biergläser. Und vieles andere mehr.

Margareta interessierte sich für einen Verkaufsladen, der auch Bildbände und Druckschriften anbot. Die Inhaberin – nennen wir sie kurzerhand Margit, eine modische Verstümmelung des Namens Margareta – musterte sie neugierig. Was für eine hübsche junge Dame, und dazu dieses entzückende Kleid! Auch wenn es vielleicht nicht das passendste für heiße Sommertage war! Hundertmal geschmackvoller als die Mädchenrasselbande aus Düsseldorf, die neulich beinahe eislutschend und im Bikini in die Kirche gestürmt wäre! Irgendwie

kam ihr übrigens die fremde Dame bekannt vor – woher nur?
»Suchen Sie etwas Bestimmtes, gnädiges Fräulein?«
»Ein neueres Buch über die vierzehn Nothelfer, eine Beschreibung ihres Lebens, ihrer Verehrung und ihrer Wundertaten.«
Margit dachte einen Augenblick nach und durchwühlte die Lade mit den frommen Schriften. Ein eigenes Büchlein neueren Datums? Das gab es wohl nicht. Nur die Andachtsbildchen, die Postkarten und was halt im Kunstführer der Kirche über die Nothelfer steht.
»Dann geben Sie mir die Ansichtskarten, bitte, von jedem eine.«
Doch als es ans Bezahlen ging, passierte Margareta dasselbe Mißgeschick wie Veit. Nur daß diese Verkäuferin unfreundlicher war. »Halten Sie mich für blöd? Mit diesem Geld wollen Sie bezahlen?«
Erschrocken fragte Margareta: »Gilt das nichts?«
»Vielleicht drüben hinterm Eisernen Vorhang! Nein, liebe Frau, für diese Aluminiumpfennige kriegen Sie nicht mal ein Hustenbonbon.«
»Tut mir leid, entschuldigen Sie! Das muß ein Irrtum unseres Reiseleiters sein – aber wenn Sie mir wenigstens dieses Bildchen überlassen könnten, dies kleine mit der heiligen Margareta? Bitte!«
Brummend reichte ihr Margit das Andachtsbildchen: »Das schenk ich Ihnen. So, und jetzt sperr ich die Bude zu!«
»Über Mittag wohl immer?«
»Das hängt von der Kundschaft ab. Heute ist leider keine zu erwarten.«
»Aber das Unwetter hat sich doch wieder verzogen?«
»Nicht wegen des Unwetters, sondern wegen der Angst – Angst vor Terroristen!«

Margareta machte ein ungläubiges Gesicht. »Terroristen in dieser frommen, geheiligten Gegend?«
»Das glaubten wir bisher auch. Ja, in Frankfurt und Hamburg, aber nicht bei uns. Doch der Lokalfunk bringt alle fünf Minuten eine Warnung, die Polizei fahndet nach einem verdächtigen Flugzeug und nach einem Raketenauto und einem angeblich schwer bewaffneten Sprengkommando. Da bleiben die Leute lieber zu Hause.«
»Man sollte meinen, die Angst treibt sie her, um die Nothelfer anzurufen. Wozu sind sie denn da?«
»Das frag ich mich auch schon lange.« Margit hatte inzwischen sämtliche Auslagekästen in die Bude getragen und machte jetzt die Läden dicht. Da fiel ihr Blick auf Sankt Eustach, der gerade vom Parkplatz zurückkehrte, wo er sein Roß mit Heu versehen hatte. Eustach winkte Margareta fröhlich zu.
»Ein fescher Mann«, entfuhr es Margit bewundernd. »Gehört der zu Ihnen?«
Margareta nickte.
»Dachte ich mir gleich. Dieselbe Tracht!« Und dasselbe Geld, seufzte Margareta im stillen. »Wo trägt man denn heute noch solche hübsche Kleidung?«
Sollte Margareta sagen: im Himmel? Aber erstens lachte die Frau sie sicher aus und zweitens stimmte es gar nicht. »Eustach«, fragte sie den Vizelegaten der Legion, der inzwischen nähergekommen war, »woher stammen wir eigentlich?«
»Sagen wir mal aus Asien«, entgegnete Eustach scherzend.
Aus Asien? Margit blieb skeptisch. Die sahen aber weder wie Japaner noch wie Filipinos aus. Solche kannte sie nämlich. Gar nicht weit weg befand sich ein Kloster mit philippinischen Schwestern, die gelegentlich Vier-

zehnheiligen besuchten. Margit – sie hatte sich übrigens schnell das Haar aus der Stirn gestrichen und den herausgerutschen Blusenzipfel in die Hose gesteckt – sagte: »Aus Asien, wie schön! Ja, es gibt bald kein Land mehr, aus dem die Kunstfreunde nicht zu uns kommen. Übrigens auch die Heiratslustigen. Am vergangenen Samstag haben hier zwei Neger geheiratet, mit dem Brautchor aus dem ›Lohengrin‹. Für festliche Hochzeiten ist unsere Kirche wirklich zu empfehlen. Entschuldigen Sie die indiskrete Frage: Tragen sich die Herrschaften vielleicht auch mit dem Gedanken, hier zu heiraten? Es kostet nicht mehr als woanders, ist aber viel schöner!«
Eustach sagte lächelnd, das wäre wohl mit Schwierigkeiten verbunden, er sei Familienvater und seine Freundin noch ledige Jungfrau.
Margit fand das sehr interessant. »Fast wie bei mir. Das heißt, Jungfrau klingt ein bißchen übertrieben, aber offiziell gelte ich als ledig. Mein Freund ist nämlich geschieden. Da springt keine kirchliche Trauung heraus.«
»Geschieden? Warum das? War ihm seine Frau nicht treu?«
»Krankhaft vor Eifersucht war sie, geradezu besessen! Überall spionierte sie ihm nach, witterte in jeder Kollegin eine Rivalin; kam er zu spät aus dem Büro, herrschte sie ihn an: Bei wem hast du wieder gesteckt? Ehrlich, sie hat ihm das Leben zur Hölle gemacht.«
»Er hätte den heiligen Eustachius anrufen sollen.«
»Was hätte der tun können?«
»Kennen Sie nicht die schöne barocke Gebetstafel, auf der es heißt: ›Sankt Achaz, dem christlichen Kriegsvolk hilft er behend, Sankt Eustach, Betrübnis in der Ehe abwendt?«
Etwas irritiert blickte Margit ihn an. Veralbert der mich jetzt oder sind alle Asiaten so naiv? »Rolf ließ sich schei-

den. Das kostete zwar eine Stange Geld, aber er kann wieder frei atmen. Endlich ist er den Drachen los.«
Margareta spürte ein leichtes Zucken im kleinen Finger, mit dem sie einst den Drachen angekettet hatte, sagte aber nichts. Von den Nothelfern schien Margit nicht viel zu halten. »Freilich, solange sie lebt, wird sich mein Traum nie erfüllen: eine Trauung mit festlichem Chor, Glockengeläute, weißem Brautkleid; meine Tante aus Nürnberg würde sogar das Largo für uns singen. Doch leider denkt die erste Frau noch lange nicht ans Sterben, und einen Nothelfer, der da nachhelfen könnte, gibt's ja wohl nicht. Oder kennen Sie einen? Sie scheinen da Spezialisten zu sein. Na also! So leben wir halt ohne den Segen der Kirche zusammen, wie Millionen Paare in Deutschland.«
Als sie bemerkte, welch besorgte Blicke Eustach und Margareta austauschten, fügte sie hinzu: »Hoffentlich schockiere ich Sie nicht.«
»Mich nicht«, sagte Eustach. »Meine Frau und ich wurden auch nicht kirchlich getraut. Bei uns kannte man das gar nicht.«
»Ja, ja, in Asien soll's in vielem menschlicher zugehen als bei uns«, meinte Margit. »Wir haben da sture Gesetze, und der Papst will sie nicht lockern. Eine Frau kann siebenmal heiraten und sich scheiden lassen. Tut sie's ohne kirchliche Trauung, gilt sie der Kirche als unberührte Jungfrau. Aber wehe, sie stand einmal vor dem Traualtar und will nach der Scheidung wieder dorthin – bums, knallt dir die Kirche die Türe vor der Nase zu! Jeder Räuber und Mörder darf zu den Sakramenten, wenn er bereut hat – ein Geschiedener nicht. Ist das etwa gerecht?«
»Es scheint mir nicht gerecht«, sagte Eustach. »Doch für Rechtsfragen bin ich nicht zuständig. Aber ich kann Ex-

perten aufsuchen, unsere Bischöfe zum Beispiel. Mit einigen sind wir seit langem befreundet.«
»Was die antworten, sag ich voraus – die alte katholische Leier: Was Gott verbunden hat, darf der Mensch nicht trennen.«
»Das ist ein Wort des Heilandes«, sagte Eustach ernst.
»Weiß ich selber, mein Herr. Wenn es aber nicht Gott war, der sie verbunden hat, sondern ein Teufel? Das Geld, der Sex oder auch nur die Dummheit? Eines prophezeie ich Ihnen, so wahr ich hier stehe: Wenn die Kirche nicht endlich einlenkt, laufen ihr Millionen davon. Das können Sie ihren Bischofsfreunden sagen! Und ihnen noch ausrichten, sie sollen einen Patron für die Geschiedenen ernennen, am besten hier in Vierzehnheiligen. Dann blüht die Wallfahrt wieder auf!«
»Wir werden es ausrichten, seien Sie ganz unbesorgt. Alles Gute für die Zukunft!« Er winkte ihr freundlich zum Abschied und bot Margareta galant den Arm. Die Jungfrau hatte die ganze Zeit kein Wort mehr gesprochen. Was ihre Namensvetterin vorgebracht hatte, bewegte sie doch sehr im Herzen. Schweigend schritt sie neben Eustach her. Warum hatte er der Frau nicht von seinen viel schlimmeren Schicksalsschlägen berichtet? Als erfolgreicher Feldherr hatte er sich unter Kaiser Trajan ein großes Vermögen und Ansehen erworben. Da begann, bald nach der Taufe, die Unglückssträhne: Ansteckende Krankheiten rafften seine Dienerschaft hinweg, sein Palast ging in Flammen auf; die Familie wollte nach Ägypten übersiedeln, der Kapitän verlangte ein unverschämt hohes Fahrgeld, und weil Eustach es nicht zahlen konnte, nahm er seine Frau als Sklavin in Zahlung. Um das Maß des Unglücks voll zu machen, verlor er beim Durchqueren eines reißenden Flusses seine beiden Kinder. Später wurden sie alle wieder vereint, aber

wie viele Jahre der Ungewißheit und der Verlassenheit lagen dazwischen! Das hätte er erzählen sollen, dachte Margareta, aber er hatte wohl seine Gründe, es nicht zu tun. Vielleicht hätte es zu großspurig geklungen und den Eindruck vermittelt, als nähme er die Probleme der Frau nicht ernst. Kann man die Nöte des zwanzigsten Jahrhunderts mit denen des zweiten vergleichen? Wäre es nicht besser, statt einer Konferenz im exklusiven Zirkel die Menschen vor Ort zu befragen?

Margit blickte ihnen aufmerksam nach. Was für wunderschöne Menschen, aber auch wunderliche! Was die nicht alles noch glaubten! Die stammten wahrscheinlich gar nicht aus Asien, sondern von einem anderen Planeten. Oder waren es nur Komödianten, die ihr etwas vorgespielt hatten und sich jetzt über ihre Herzensnöte amüsierten?

Die geschlechtsspezifische Neugier wurde durch einen plötzlichen Verdacht noch aufgeheizt. Nun mußte sie es wissen! Sie wartete, bis das wunderbare Paar in die Kirche eingetreten war, dann eilte sie ihnen nach, die große Freitreppe hinauf, blieb aber zunächst vorsichtig an der Schwelle stehen. Seit vier Monaten hatte sie die Basilika nicht mehr besucht. Damals hatte eine unechte Krankenschwester aus einer bekannten Fernsehserie einen echten Doktor aus einer echten Schwarzwaldklinik geheiratet – unter üppiger Medienassistenz, versteht sich.

Die Kirche schien leer zu sein. Wo war das Paar hingegangen? Da hörte sie aus dem rechten Querschiff ein Gesumm von Stimmen, schlich auf Zehenspitzen näher und spähte hinter einem Pilaster hervor. Wahrhaftig, da stand ein ganzes Ensemble in spätbarocken Kostümen, offensichtlich also Leute vom Theater oder vom Fernsehen. Aber von Kameramännern keine Spur. Und es wären doch mindestens die Klosterbrüder von nebenan als Zaungäste erschienen. Vielleicht wurde auch nur ein Hörspiel aufgenommen? Unter dem Fenster war ein merkwürdiger Apparat aufgebaut, mit unzähligen Tasten, Hebeln, winzigen Bildschirmen und rot und grün aufleuchtenden Signalen. An diesem Apparat hantierte ein Hüne von Mann, bestimmt zwei Meter groß, bediente mit seinen zehn Fingern zwanzig Tasten auf einmal und gab halblaut merkwürdige, scheinbar zusammenhanglose Anweisungen: »Ausweichen, schnell! Feind von vorn! Vorsicht, Falle! Hinter die Hecke, rechts! Nicht soviel laden, Mann! Vorpreschen ist sinnlos. Immer schön in der Kolonne bleiben! Polizeistreife rechts vorn! Ausfahrt Coburg blockiert. Bis Bayreuth reicht der Sprit noch, keine Bange! Ja, glauben Sie mir, Alarmstufe II!«

Was hatte das zu bedeuten? Das klang verdächtig nach verschlüsselten Anweisungen. Die Warnungen im Lokalfunk fielen ihr ein. Die Polizei hatte um Mitarbeit gebeten. Doch Margit war nicht leichtgläubig (das wissen wir bereits), sie wollte auf Nummer Sicher gehen und schob sich näher an die Gruppe heran, um ein paar Satzfetzen aufzuschnappen. Und was hörte sie bei diesem Lauschangriff? Ausgerechnet ihr Gesprächspartner von vorhin redete von offensiver Einstellung und publikumswirksamen Aktionen, man müsse den Patronen vertrauen usw.

Jetzt war es sonnenklar. Das mußten die gesuchten Terroristen sein!

Margit verließ eilends die Kirche und begab sich zur nächsten Telefonzelle.

Die Pause war vorbei, man fand sich wieder im Querschiff ein. Als letzte erschienen Georg und Barbara, etwas außer Atem, von Bischof Blasius mit oberhirtlichem Stirnrunzeln empfangen.
Auf die Frage, welcher Punkt als nächster zu diskutieren sei, antworteten Veit und Margareta wie aus einem Munde: »Das Geld!« Und sie erzählten, welch Mißgeschick ihnen beim Zahlen widerfahren war. Offensichtlich hatte ihnen der heilige Pekunius, der die irdischen Devisen verwaltete, einen Streich spielen wollen, als er ihnen das Taschengeld mitgab.
Das Geld – welcher Patron war eigentlich zuständig dafür? Einer blickte fragend den anderen an, ohne Ergebnis. Wie war das nur möglich? Hatte denn die Christenheit jahrhundertelang keine Geldsorgen gekannt? Oder hatte man sich geniert, des schnöden Mammons wegen Heilige anzurufen? Vielleicht war das Fehlen eines Geldpatrons mit daran schuld, daß die Nothelfer in Vergessenheit gerieten?
Katharina fragte, wer das schwierige Amt übernehmen wolle, und gab gleich zu bedenken, es sei mit einem Dauerstreß verbunden, ähnlich wie das Patronat für Autofahrer. Tag und Nacht müsse man im Dienst sein. »Wenn die Europäer trotz ihrer Geldsorgen endlich eingeschlummert sind, senden die ersten Amerikaner bereits wieder Notsignale herauf.«
Trotz dieser Warnung erhoben gleich sieben den Zeigefinger: sämtliche Bischöfe, Cyriak, Pantaleon, Veit und Margareta.
Man einigte sich schließlich auf Sankt Blasius. Abgesehen vom 3. Februar, seinem Namensfest, war er kaum ausgelastet. Und außerdem sprach seine Herkunft für ihn. Nach alter Händlerweisheit trickst ein Armenier zehn Griechen und hundert Juden aus. Blasius wußte

noch einen weiteren Grund. Zu seinen Attributen gehörte neben den gekreuzten Kerzen auch ein Schweinskopf. Der lasse sich leicht in ein Sparschwein umfunktionieren, kalauerte Seine Exzellenz.

Ausgerechnet Ägid, der weltentrückte Einsiedler, sagte jetzt: »Endlich stoßt ihr zu den wirklichen Sorgen der Menschen vor. Nicht die kleinste unter ihnen ist das Geld, für die einen, weil sie zu viel, für die andern, weil sie zu wenig davon haben. Bei der Arbeit dasselbe Problem. Ich las während der Pause eine ganze Zeitung durch, aus dem Papierkorb geangelt. Höchst aufschlußreich! Die Zahl der Arbeitslosen zum Beispiel will einfach nicht weniger werden. Macht im Süden ein neuer Betrieb auf, sperrt im Norden eine Firma zu.«

»Arbeitslose Patrone hätten wir doch genug«, rief der vorlaute Veit.

»Keine billigen Scherze!« verwahrte sich der Einsiedler.

»Die Kirche kann die Frage unmöglich lösen. Soll sie öffentliche Arbeiten durchführen lassen, Großunternehmen aus dem Boden stampfen?«

»Einmal tat sie es – nach den Verwüstungen im Dreißigjährigen Krieg. Da wirkte sich die Baulust der Äbte und Bischöfe sehr belebend auf den Arbeitsmarkt aus. Wie vielen Handwerkern, Künstlern und armen Schluckern hat der Bau von Vierzehnheiligen Brot und Arbeit verschafft, und das gleich für drei Jahrzehnte!«

»Soll sie dasselbe heute mit kircheneigenen Autobahnen, Staustufen, Atommeilern und Bettenburgen wiederholen? Undenkbar! Zudem findet sich in der Heiligen Schrift kein einziger Hinweis auf das Problem, ganz gleich, was politisierende Pastoren darüber auch schwatzen. Es existierte zur Zeit Jesu nicht; da waren zwar fast alle unterbeschäftigt, jeder lebte vom andern wie noch heute im Orient, aber unbeschäftigt war niemand.

Nein, wer da Gebrauchsanweisungen aus der Bergpredigt herausfiltert, soll sich Sankt Nimmerlein zum Nothelfer wählen. Mit der Kernkraft ist es dasselbe.«
»Fangt mir jetzt bitte keine nukleare Debatte an! Ich kann mir vorstellen, wer von euch dafür und wer dagegen ist. Daß die Atomkraft Ängste schürt, ist die einzig gewisse Tatsache an ihr, und wir sollten uns als Helfer zur Verfügung stellen. Ja, wenn wir einen Anticäsius, eine Antibecerelia unter uns hätten! So aber laufen sie lieber zur Kartenlegerin und zum Astrologen!«
»Das ist wieder große Mode jetzt«, sagte Katharina. »Und dabei taten sie alle so aufgeklärt. Sogar an Hexen glauben sie wieder!«
Erasmus kurbelte an seiner Gedärmewinde. »Wenn die abgewirtschaftet haben, werden wir vielleicht auch wieder modern.«
»Bereithalten müssen wir uns auf jeden Fall. Ripeness is all«, sagte Katharina, als hätte sie Shakespeare gelesen. »Ich glaube, wir sollten auf Gebiete verzichten, auf denen der bloße Glaube mit der Wissenschaft nicht konkurrieren kann.«
»Und das wäre?« Dionys hob seine Stimme. »Und was heißt überhaupt der ›bloße Glaube‹? Als Patron gegen Migräne weiß ich besser als jeder andere, wie wenig die Heilkunst auszurichten vermag, wie oft Krankheiten auf seelische Wurzeln zurückzuführen sind, auf Ärger, Enttäuschung, Verklemmung.«
»Vergessen Sie den Wetterumschwung nicht und die Tiefdruckrinnen!« fielen ihm sämtliche Wetterpatrone ins Wort. »Und den Schirokko nicht und den Föhn!«
»Ich spreche die seelischen Ursachen noch an«, verwahrte sich Katharina. »Es läßt sich aber nicht leugnen, daß wir im rein medizinischen Bereich durch die Fortschritte der letzten Jahrhunderte entbehrlich werden.

Bei Magenkrämpfen flüchtet man lieber zu destilliertem Klostergeist als zu Erasmus. Dionys wurde bei Hundebissen durch Tetanusspritzen ersetzt, und im Falle eines Blasenkatarrhs ruft man nicht Veit, sondern den Urologen.«
»Bin ja todfroh darüber! War immer so lästig, mit dem Nachttopf auf dem Altar zu posieren. Das hat endlich aufgehört!«
»Der einzig gefragte Spezialist außer Christophorus ist unser lieber Blasius. Seinen Segen holen sich sogar manche lutherischen Christen.«
Blasius fühlte sich geschmeichelt und sammelte die respektvollen Blicke der anderen gerne ein, wollte sich aber auch bei Katharina revanchieren: »Und bei Zungenleiden denken manche noch an Sie, Verehrteste!«
»Kein Wunder«, raunte Barbara Georg ins Ohr, »bei ihrer Zungenfertigkeit!«
»Warum laufen so viele zum Heilpraktiker, warum greift man so begierig nach chinesischer und indianischer Medizin? Ihr wißt, wie sehr es im Heilungsprozeß auf das Vertrauen ankommt – vor allem bei Krankheiten, die nicht nur Knochen und Gewebe, sondern Geist und Seele angreifen. Was ist zum Beispiel mit dieser jüngsten Seuche namens Aids, bei der zum körperlichen Verfall häufig der Schmerz, verachtet und ausgestoßen zu sein, hinzutritt? Sind unter diesen Kranken denn keine gläubigen Menschen? Für die Syphilis haben wir zwei Patrone – kann nicht einer davon die Aidskranken übernehmen?«
Bischof Dionys und Ritter Georg waren angesprochen. Dionys wollte jedoch als Schutzherr der französischen Könige lieber der Syphilis treu bleiben, außerdem habe Georg als erfahrener Nothelfer bei Pest und Aussatz sicher mehr Verständnis für die neue Krankheit.

Georg erklärte sich einverstanden.
»Na also«, sagte Pantaleon. »So sollten wir es bei allen Krankheiten machen, die auf die Menschheit zukommen und von denen sie noch gar nichts ahnt. Oder denken wir an die vielen seelischen Verwundungen, die offenen und geheimen Ängste der Menschheit. Einige von uns wurden immer wieder angerufen in Verlassenheit, in Verfolgung und in Todesfurcht. Sicher, auch dafür gibt es eine Menge von Berufen, vom Psychotherapeuten bis zum Gesundbeter und Hypnotiseur. Doch schaut euch mal die Liste ihrer Mißerfolge an!«
»Schon gut, aber wo bleibt die Liste unserer Erfolge? Wann wurde zum letztenmal unserer Margareta für eine glückliche Geburt gedankt oder Ägidius und Veit für den glimpflichen Verlauf eines epileptischen Anfalls? Welche Jahreszahlen tragen die Votivbilder, die man zum Dank aufgehängt hat? Findet sich überhaupt eines aus dem jetzigen Jahrhundert darunter? Ja, da laßt ihr alle euren Kopf hängen. Dionys natürlich nicht.«
»Doch, doch«, widersprach der kopflose Bischof und nickte tiefbetrübt.

Ungewohnte Turbulenzen auf der Lichtenfelser Polizeiinspektion. Der Inspektionschef wurde von den Lokalredakteuren geradezu belagert. Sie wollten selbstverständlich die Gunst der Stunde nutzen, um endlich einmal über brisantere Dinge als Vereinssitzungen, Umweltproteste und Honoratiorengeburtstage zu berichten. Es wäre vermessen, den Ausdruck »Die Meldungen überschlugen sich« niederzuschreiben, aber alle paar Minuten liefen neue Nachrichten ein, wenn auch oft recht widersprüchliche. Da hatte man zwei verdächtige Individuen an der Autobahnbrücke mit Meßinstrumen-

ten erwischt, die sich aber als Beamte der Flurbereinigung entpuppten. Bei einer Straßenkontrolle vor Scheßlitz gingen der Polizei zwei Rauschgiftschmuggler und ein ausweisloser Perser ins Netz. Hausdurchsuchungen in einer anrüchigen Wohngemeinschaft ergaben keinerlei Anhaltspunkte; sieben Streuner in der Nähe der Waffendepots von Memmelsdorf konnten beweisen, daß sie nur nach Rotkappen und Pfifferlingen suchten. Badegäste in der Therme Obermain behaupteten felsenfest, das mysteriöse Auto gesehen zu haben, aber jeder schilderte es anders. Und auf dem einzigen Foto, das ein Amateur geschossen hatte und das sofort entwickelt worden war, erkannte man nur einen schwarzen Streifen – trotz der Belichtungszeit von $\frac{1}{1000}$ Sek. Dazu kamen besorgte Anrufe von Bürgermeistern, Reisebüros, Schuldirektoren und Eltern, deren Kinder auf einem Ausflug waren. Beim Überschallknall eines Abfangjägers stürzten Hunderte in die Tiefgarage. Im Krankenhaus richtete man vorsichtshalber zusätzliche Blutkonserven her. Feuerwehr und Technisches Hilfswerk waren längst in Alarmzustand versetzt.
Aber nichts passierte, man tappte im ungewissen – bis Margit aus Vierzehnheiligen anrief. Krummfiedel glaubte zuerst an die Hirngespinste einer phantasievollen Wallfahrerin. Terroristen als Komödianten verkleidet in Vierzehnheiligen und dazu mit einer computergesteuerten Funkanlage! Wenn er das weitermeldete, machte er sich lächerlich! Da hörte er mit dem andern Ohr die Meldung, das rätselhafte Flugobjekt sei tatsächlich auf einer Lichtung zwischen dem Staffelberg und Vierzehnheiligen gesichtet worden; man habe einen Mann im Pilotendreß aufgegriffen, der sich nicht ausweisen konnte, aber behauptete, Balthasar Neumann zu heißen und dreihundert Jahre alt zu sein. »He, liebe

Frau«, schrie Krummfiedel ins Telefon, »sind Sie noch am Apparat? Bitte wiederholen Sie, was die verdächtigen Personen gesagt haben!« Fieberhaft notierte er Stichwörter wie Feind von vorn, Ausfahrt blockiert, Sprit reicht bis Bayreuth, Alarmstufe zwei, Aktionen und Patronen. Er gab ihr noch hastig den Rat, den Schauplatz des Geschehens möglichst schnell zu verlassen, bevor die Straßen abgeriegelt würden, aber niemandem etwas zu erzählen. »Melden Sie sich später wieder – wegen der Belohnung!« Dann eilte er, dem Polizeidirektor Sauerbier die triumphalen Neuigkeiten zu verkünden. Die Panne mit dem entwischten Amphibienauto wäre ihm somit sicher verziehen.

In Bayreuth trafen der Polizeipräsident, der Oberbürgermeister und ein Mitglied des Hauses Wagner zusammen. Sollte man die »Meistersinger« abblasen, bevor sie angeblasen waren, nur weil sich möglicherweise ein Terroristenkommando der Festspielstadt näherte? Man hatte doch getan, was man konnte. Man hatte diskret den gefährdeten Persönlichkeiten zu verstehen gegeben, ihre Sicherheitsmaßnahmen zu verdoppeln. Bei Politikern und Diplomaten besorgte das ohnehin die Polizei. Die anderen Schutzbedürftigen reagierten unterschiedlich. Eine Schweizer Schokoladenkönigin, hundert Millionen schwer, lachte nur fröhlich wie die Osterhasen aus ihren Produkten. Ein Scheich lüftete mit überlegener Miene den Schleier einer angeblichen Haremsdame, und es kam das bärtige Gesicht eines Leibwächters zum Vorschein. Nur ein japanischer Schrottlöwe geriet ins Schwitzen. Seine Gorillas hatten die fränkischen Bratwürste nicht vertragen und lagen mit Magenkrämpfen im Hotel. Er gab seine Karten zurück. Die Gattin des so-

wjetischen Botschafters erbat Polizeischutz, nicht für sich selbst, sondern für ihre kostbaren Zwergpinscher Glasnost und Perestroika. Auch eine beruhigende Meldung traf ein: Der Landesvater war am Flughafen Bindlach gelandet, ohne von Raketen beschossen zu werden. Trotzdem, sie alle machten ein unblutiges Martyrium durch an diesem Nachmittag: vom Polizeipräsidenten bis zum jüngsten Hauptwachtmeister, vom Oberbürgermeister bis zum Feuerwehrkommandanten, vom Hause Wagner bis zu den wenigen Mitwirkenden der Premiere, die man in die möglichen Gefahren eingeweiht hatte. Immerhin, das Vorspiel zu den »Meistersingern« hub an, ohne daß in der Partitur des Meisters nicht vorgesehene Instrumente wie Schnellfeuerpistolen und Kurzzeitbomben mitmusizierten. Ungestört von terroristischen Aktivitäten durfte Jungfer Lene mit David in der Katharinenkirche anbandeln, die Lehrbuben das wacklige Gemerke aufrichten und David den zugelaufenen Ritter in die Zimtröhren- und Abgeschiedene Vielfraß-Weis einführen. Vollzählig versammelten sich die Meistersinger, ohne Polizeischutz. Veit Pogner kündigte mit des Basses Grundgewalt die Verlobung, nicht die Entführung seiner Tochter an. Und als des Meisters Urteilsspruch erklungen war »Versungen und vertan!« durften die Wagnerianer(innen) aller Grade getrost Mokka schlürfen, Cremetorten verzehren und unter hohen Bäumen lustwandeln.
Die Entwarnung für die Verantwortlichen erfolgte erst während der Pause, als von der Inspektion Lichtenfels verläßlich gemeldet wurde, der gesuchte verdächtige Personenkreis sei mitsamt Auto und Motorsegler in Vierzehnheiligen gesichtet worden; man erwarte weitere Befehle. Inspektor Wichtig sei zu diesem Zweck nach Bayreuth unterwegs.

Vierzehnheiligen, das bedeutete über 50 Kilometer weit entfernt. Das Stadtoberhaupt und das Haus Wagner atmeten auf. Gottlob hatte man die Premiere nicht verschoben, man hätte sich unsterblich blamiert. Dem Polizeipräsidenten war dergleichen Aufatmen noch nicht vergönnt. Vierzehnheiligen gehörte zu seinem Revier. Aber, verdammt nochmal, warum Vierzehnheiligen? Wollten sie etwa Franziskaner entführen, für die niemand ein Lösegeld zahlt? Oder waren im Langheimer Wald geheime Munitionsdepots der Amerikaner angelegt, von denen deutsche Stellen nichts wußten? »Zum Kuckuck!«, wandte sich der Präsident an Inspektor Wichtig. »Was täten Sie als Terrorist in Vierzehnheiligen? Etwa zu den vierzehn Nothelfern um himmlischen Feuerschutz beten?«
»Beten? Das tun nicht einmal die christdemokratischen Sondermüller in Banz, und die hätten es wirklich nötig«, sagte Wichtig. »Vielleicht halten sie Geiseln fest, Wallfahrer oder Touristen, von denen wir bisher noch nichts wissen. Eine Kirche mit drei Eingängen läßt sich leicht verteidigen. Die Polizei wird sich hüten, mit Gewalt einzudringen, vor allem, wenn es sich um ein barockes Juwel wie Vierzehnheiligen handelt. Oder sie haben noch Schlimmeres vor; sie drohen, die Kirche in die Luft zu sprengen.«
»Warum sollten sie das?«
»Um gegen die Apartheid zu demonstrieren oder gegen Israel, um Gesinnungsgenossen freizupressen, die irgendwo inhaftiert sind. Oder auch nur, um in die Spalten der Weltpresse und auf die Bildschirme zu gelangen. Was weiß ich! Motive finden sich immer.«
»Mittel dagegen auch. Was schlagen Sie vor?«
»Die List der Phantasie und die Phantasie der List. Zunächst müssen wir die Bande am Entkommen hindern.

Noch ist nicht völlig auszuschließen, daß Bayreuth ihr Operationsziel ist. Angeblich tragen sie mittelalterliche Kostüme. Könnten sie sich dann nicht im dritten Akt der ›Meistersinger‹ auf die Festwiese schmuggeln?«
»Und Bomben ins Publikum werfen? Man soll die Phantasie nicht zu sehr wuchern lassen, Wichtig. Bayreuth ist nicht Beirut«, mahnte der Präsident und hob den Zeigefinger.
»Trotzdem müssen die Zufahrtsstraßen überwacht, die Kontrollen in Kulmbach, Thurnau und Hollfeld verstärkt werden.«
»Das läßt sich leicht anordnen. Doch wie dringen wir in die Kirche ein? Sie sagen selbst, Waffengewalt scheidet aus.«
Wichtig brauchte nur einen Augenblick nachzudenken, dann hatte er einen Vorschlag, den sein Chef, wäre er seinem eigenen Kopf entsprungen, als genial bezeichnet hätte. »Wir schleusen unser Einsatzkommando als fromme Bruderschaft vermummt in die Wallfahrtskirche ein. Es wäre zweckdienlich, sangesfrohe Männer auszuwählen, am besten katholische, die die entsprechenden Lieder auswendig können. Sie müssen natürlich Rosenkränze tragen.«
»Ja, ja, kaufen Sie, kaufen Sie auf meine Kosten!« Der Präsident war begeistert. »Und üben Sie im Bus das gemeinsame Singen.«
»Jawohl, ein Haus voll Glorie schauet, wenn's Ihnen recht ist, Chef.«
»Sehr recht. Und Sie leiten die Aktion, verstanden?«
Während ein Hubschrauber Inspektor Wichtig schleunigst nach Lichtenfels brachte, schickte der Polizeipräsident eine Ordonnanz zum Festspielhaus. Dort genoß man inzwischen schon den zweiten Akt. Hans Sachs stellte soeben fest:

»Wie duftet doch der Flieder
so mild, so stark und voll,
mir löst er weich die Glieder ...«

als eine schriftliche Notiz für den Ministerpräsidenten hereingereicht wurde. Seine potentiellen Nachfolger lasen sie und sprachen zueinander: »Wir müssen ihn wekken.« Sanft rüttelten sie an den Landesvaterschultern und hielten ihm die Meldung unter die Nase: »FAHNDUNG ERFOLGREICH. VERDÄCHTIGE GRUPPE BEI STAFFELSTEIN AUFGESPÜRT. AKTION LÄUFT AN.« Staffelstein? Er dachte nach. Stammte nicht Adam Riese von dort? Oder war das der Viktor von Scheffel? Jedenfalls – es war weit vom Schuß. Er hatte sowieso nicht an eine ernsthafte Gefahr geglaubt. In Bayern wirft man keine Bomben zur kombinierten Volksfestbierzeltzeit. »Alles roger«, sprach er befriedigt und lehnte sich zurück, um bis zur nächtlichen Prügelei auf der Bühne Tiefschlafreserven zu tanken. Hans Sachs aber sang:

»Und wie er mußt', so konnt er's,
das merkt ich ganz besonders.«

Die Nachmittagssonne flutete durch die Kirche und erfüllte ihre Schönheit mit warmem Glanz. Das sind die Stunden, in denen die barocken Kirchen zu leuchten anfangen, nur wissen wenige davon, und noch weniger besuchen sie zu dieser schönsten Tageszeit. Die Nothelfer jedenfalls konnten ungestört tagen. Ab und zu erschienen einzelne Beter und Besucher. Die Beter knieten in den rückwärtigen Bänken und nahmen kaum wahr, daß sich im Querschiff jemand aufhielt. Die Besucher schlenderten zum Gnadenaltar und zum Hochaltar. Auch sie zeigten sich nicht verwundert über die diskutierenden Nothelfer. Sie hielten sie wohl für ein

Touristenrudel oder für eine Theatergruppe, die ein Festspiel probt, zum Beispiel für das Nothelferfest am 8. August. Katharina hatte übrigens diesen Termin für die Konferenz als den passendsten vorgeschlagen; doch Ägidius, leutescheuer Einsiedler, fürchtete an jenem Tag ein großes Zusammenströmen der Frommen und Neugierigen. Sicher würde ein Festgottesdienst stattfinden; das aber würde die Arbeit der Konferenz behindern. So war man auf diesen letzten Mittwoch im Juli ausgewichen, an dem die meisten Leute anderes vorhatten, als Vierzehnheiligen aufzusuchen. In Bayern hatten gerade Ferien begonnen, an den Hochschulen die Examina, im Fernsehen konkurrierten das Damenfinale im Tennisturnier mit dem Großen Preis von Deutschland, Volksfeste lockten in die Bierzelte und auf die Achterbahnen, die wahren Genießer aber blieben zu Hause, werkelten im Garten oder sonnten sich auf dem Balkon. Sankt Eustach, als General gewohnt, an fast alles zu denken, hatte diesen Termin als den stillstmöglichen vorgeschlagen. Und er behielt recht.
Die Hirschkuh hatte sich ein sonniges Plätzchen auf dem Steinboden ausgesucht und bisher musterhaft verhalten. Jetzt hob sie die Lauscher und drehte den Kopf nervös hin und her. Witterte sie, daß sich der Ring der Treiber um Vierzehnheiligen schloß? Ägidius hätte es gern herausgefunden; noch hatte er die Sprache des scheuen Wildes nicht ganz verlernt, aber er mußte jetzt anstandshalber auf die Worte des hochwürdigsten Herrn Bischofs Dionysius aus Paris achten. Er hatte sich an den letzten Diskussionen kaum beteiligt, nur gelegentlich auf seine uns nun schon sattsam bekannte unnachahmliche Art genickt oder den Kopf geschüttelt und sich Notizen gemacht. Jetzt meldete er sich zu Wort. Er spürte wie wenige Oberhirten, die Zeit sei reif,

der Herde das richtungweisende Schlußwort zu verkünden, auf das sie nach gutem katholischem Brauch Anspruch hatte.
Die Konferenz nähere sich ihrem Ende, sagte er, und auf manchen Gesichtern zeichne sich eine gewisse Enttäuschung ab. Sei das Ergebnis nicht zu schmal und dürftig, gemessen an dem Aufwand, den ihr irdischer Urlaubstag gekostet habe? Als Bischof wundere er sich nicht darüber, von Bischofskonferenzen sei er ähnliches gewohnt.
Bei dieser Bemerkung nickten seine Kollegen Blasius und Erasmus durchaus verständnisinnig.
»Wir können das Rad der Geschichte nicht zurückdrehen. Die Kirche lebte und gedieh über tausend Jahre, ohne daß die Gläubigen zu uns ihre Zuflucht nahmen, und sie wird, so hoffen wir alle, auch tausend Jahre überstehen, in denen man uns als entzückende Rokokofigurinen bewundert, aber im Heiligenlexikon nachschlagen muß, um über uns Bescheid zu erhalten. Das mag unseren Stolz als bewährte Fürbitter kränken, doch, liebe Schwestern und Brüder, solche allzu irdischen Gefühle verbieten sich für uns von selbst. In der Sprache von heute ausgedrückt: Unsere Hilfe war Entwicklungshilfe, die zur Selbsthilfe ermutigen sollte. Und das tat sie mit Erfolg. Betrachten wir von der höheren Warte aus die letzten zweihundert Jahre!«
»O weh«, raunte Blasius Erasmus ins Ohr, »jetzt rührt er womöglich die Werbetrommel fürs nächste Jahrtausend.« Doch Erasmus legte nur die Finger auf die Lippen. Psst!
Dionys fuhr fort, neue Techniken seien erfunden, die Medizin vorangeschritten in ungeahnter Weise, statt Mißernten drohe der Produktionsüberschuß, Impfungen verhinderten Vieh- und andere Seuchen, ein üppig

ausgebautes Versicherungswesen schütze die Menschen vor den meisten Mißhelligkeiten früherer Generationen – sollten die Nothelfer deshalb traurig sein?
»Traurig nicht, arbeitslos aber auch nicht«, warf Cyriak ein.
»Unser Mitbruder Achaz sprach vom wohlverdienten Ruhestand.«
»Und verbringt ihn im Wirtshaus und labt sich am fränkischen Bier«, bemerkte Eustach.
»Wohl bekomm's ihm! Oder bist du deswegen neidisch, Eustach?«
»Keineswegs. Ich stimme grundsätzlich mit dem Sprecher des anwesenden Episkopates überein«, erklärte Sankt Eustach. »Wenn wir ins Glied zurücktreten müssen auf Geheiß unseres allerhöchsten Kommandierenden, tun wir es, ohne mit der Wimper zu zucken. Klar! Ein paar Verehrerinnen und Verehrer werden uns allemal bleiben, ganz vergessen wird man uns nicht, dafür sorgt allein schon diese herrliche Kirche, und vielleicht sind wir eines Tages als Verbündete durchaus wieder begehrt.«
»Das meine ich auch«, fiel Sankt Georg eifrig ein, »im Kampf gegen die vielen Drachen, die speziell das weibliche Geschlecht zu verschlingen drohen: Konsum, Sex, Karriere ...«
»Mach mal langsam, Junge«, funkte Barbara dazwischen und stieß den Drachentöter unsanft in die Seite. »Gilt das etwa für die Männer nicht?«
»Für uns Männer galt das schon immer«, lenkte Georg ein, »nur wirkte sich das nicht allzu verhängnisvoll aus, solange ihr Frauen vor diesen Drachen sicher wart.«
Bischof Dionys hob leicht indigniert die Brauen. Sein schönes, wohlbedachtes, richtungweisendes Schlußwort war »im Eimer«, wie Veit sich ausdrücken würde. Diese

mündigen Laien fingen schon wieder eine unfruchtbare Debatte an.
Doch so unfruchtbar wurde sie gar nicht. Barbara fuhr nämlich fort: »Als international anerkannte Patronin des Bergbaus sag ich euch eines: Wir müssen den Menschen wieder helfen, tiefer zu graben. Sie buddeln oft nur an der wertlosen Oberfläche herum, anstatt tiefer zu schürfen, dort wo Erz und Gold lagern, bildlich gesprochen natürlich, und das sind nicht Konsum, Vergnügen, Karriere. War unsere Sehnsucht etwa damit zu stillen, unser Hunger nach dem wirklichen Leben? Auch sie müssen doch zur Einsicht vorstoßen, daß solche Dinge nicht Sinn und Zweck des Daseins sein können. Gott hat mit dem Menschengeschlecht einen ungeheuren Aufwand getrieben, hat es geschaffen nach seinem Bild und Gleichnis, hat es über alle anderen Geschöpfe gesetzt und mit beispiellosen Fähigkeiten ausgestattet, hat es geadelt dadurch, daß es ihn wie einen Vater lieben darf, und hat es schließlich durch die Menschwerdung seines Sohnes gekrönt – wozu? Um einem Ball nachzujagen, die Haut zu rösten oder Vollgas zu geben? Dann bekäme unser Erzfeind Mephisto recht, wenn er ausruft: ›Ein großer Aufwand, schmählich, ist vertan!‹ Der Teufel darf aber nicht recht bekommen, Freunde!«
Prächtig stand sie da in ihrem lodernden Zorn, die streitbare Jungfrau der Ecclesia militans. Sankt Georg hätte sie küssen mögen, doch das war nicht der rechte Augenblick, und außerdem war er nicht ganz einverstanden mit ihren Worten. »So ähnlich reden die verzagten Kirchenmänner von heute auch manchmal«, sagte er, »und klammern sich an die Hoffnung, die Suche nach Sinn müßte ihnen die Leute wieder zutreiben. Schön wäre es, liebe Barbara. Doch wenn ich an meine

wilden Jahre zurückdenke, plagen mich die Zweifel. Wie war es denn bei mir? Reiten, schießen, jagen, zwischendurch ein kurzer, heftiger Flirt – das füllte mich voll aus, da vermißte ich nichts, da litt ich keineswegs an innerer Leere und Öde – unsere Professorin würde sagen: an Sinndefizit. Und ähnlich ergeht es den Motorradhelden, Tenniscracks, Computerfreaks und Playboys von heute und all denen, die ein Jahr lang dafür schwitzen und schuften, um vier Wochen lang unter Palmen zu dösen. Ob du es glaubst oder nicht: Wer nicht von Natur aus eine philosophische Ader hat und höhere geistige Ansprüche stellt, dem reicht sein Groschenglück völlig aus. Leider!«

Barbara gab sich nicht geschlagen. »Eine Zeitlang vielleicht, solange man jung, schön, gesund ist und die Kasse stimmt. Aber wenn das Alter über einen hereinbricht oder eine Krankheit, ein Unglücksfall, ein bohrender Schmerz, wenn jemand einen geliebten Menschen verliert oder sich in schwere Schuld verstrickt – wird er dann nicht zur Tiefe vorstoßen? Freilich dürfen wir ihnen alle diese – Mißhelligkeiten nannte es vorhin Dionys – nicht an den Hals wünschen, bloß damit sie sich bekehren und von ihren falschen Wegen zurückfinden. Doch für diese Mißhelligkeiten sorgen sie selber in reichstem Maße, Nachhilfe brauchen sie da keine.«

»Ist das wirklich ein sicherer Weg zu Gott? Wer weiß, wo sie Hilfe suchen! In den Lehren des Fernen Ostens vielleicht oder bei den stets wechselnden Heilsanbietern und Seelenverkäufern des Fernen Westens, Kaliforniens meine ich. Das Unglück kann ein Wegweiser zu Gott sein, doch manche lenkt es auch an ihm vorbei ins gnadenlose Nichts.«

Das sprach er in so tiefem Ernst, daß Barbara ihn überrascht ansah. »Wie war es denn bei dir, Schorsch? Du stelltest dich vorhin als einen oberflächlichen Hans im Glück hin. Was brachte denn dich zur Besinnung? Wir kennen nur die Legende, und die, entschuldige, scheint reichlich märchenhaft.«

Der Drachentöter errötete auf die charmante Weise, die er seinerzeit den geretteten Jungfrauen abgeschaut hatte. »Bei mir war es nicht das Unglück, das mich zur Besinnung brachte, sondern das Glück. Ein unverdientes Glück.«

»Und welches?«

»Das laßt mir bitte mein Geheimnis sein.«

»Geheimnis? Zier dich nicht so!« tadelte ihn Cyriak. »Wir können es uns sowieso denken: Dein liebstes Mädchen war eine Christin. Der typische Weg zum Glauben für Typen wie dich.«

Der Ritter, sonst schnell in Harnisch gebracht, entgegnete gelassen: »Wäre etwas Unrechtes daran, Cyriak? Ich meine nur, wenn wir heute alle noch unsere Bekehrungsgeschichten erzählen, dann handeln wir uns einen Arrest wegen Urlaubsüberschreitung ein, nicht wahr, General?«

Das mußte der General bestätigen, fügte aber hinzu, für eine Geschichte sei noch genügend Zeit. »Du hast uns neugierig gemacht, Georg. Worin bestand denn dieses unverdiente Glück?«

Der Reiteroberst blickte den General ernst an. »Du kannst es wahrscheinlich als einziger in dieser Runde nachempfinden, Eustach, auf jeden Fall besser als ein Zivilist, dessen größten Triumph ein astrein gesungenes Alleluja darstellt.« Das war auf Cyriak gemünzt; er schmollte dementsprechend.

Unbemerkt von den anderen legte Veit das Comic-Heft beiseite. Er hatte »Asterix im Wilden Westen« verschlungen und zehnmal unterhaltsamer gefunden als

die letzten Konferenzbeiträge. Hand aufs Herz, wer kann's ihm übelnehmen? Doch jetzt horchte er auf, Sankt Georg war schließlich das vielbewunderte Vorbild seiner Jugend gewesen.
»Es war das Glück des Sieges«, fing Georg zu erzählen an. »Wir führten Krieg gegen aufständische Araber im Süden Palästinas. Zu meinen besten Leuten gehörte ein Germane, wir nannten ihn Franko, ein ernster und schweigsamer Mann. Die Kameraden mieden den Umgang mit ihm. Er besaß die Gabe des Zweiten Gesichtes, was in seiner Heimat häufig vorkommen soll. Das heißt, er sah Unglücksfälle und Niederlagen voraus, Siege und Glücksfälle dagegen nie. Ich ritt an der Spitze meiner Kohorte in eine lange Schlucht, die man Löwengrube nannte. Franko mußte sie wiedererkannt haben als den Ort, wo ihm der Tod beschieden war. Plötzlich befand er sich mit seinem Pferd an meiner linken Seite und reichte mir das eiserne Amulett herüber, das er an einem Kettchen um den Hals zu tragen und vor jeder Schlacht zu küssen pflegte. ›Tribun‹, sagte er in seinem ungefügen Latein, ›nimm das, bitte! Ich nicht mehr brauchen, dich wird schützen!‹ Ich drückte ihm schweigend die Hand, nahm das Amulett, hängte es mir um und wollte mir die darauf eingravierten Zeichen betrachten – da zerriß ein gellender Pfiff hoch über uns die Stille, und im gleichen Augenblick hörten wir das verhaßte Sausen der Pfeile. Ein Überfall! Blitzschnell trieb ich mein Pferd unter einen Felsvorsprung. Für Franko war es zu spät, zwei Pfeile hatten ihn tödlich getroffen, er glitt vom Pferd und sank zu Boden. Es gelang uns gerade noch, den Leichnam zu bergen, bevor die Steine, die der Feind von den Felsen auf uns herabrollen ließ, ihn zerschmetterten. Wir steckten in der Falle, da half uns unsere Überzahl wenig.

Plötzlich tauchten von vorne Bogenschützen auf, von hinten attackierte uns ein Trupp gepanzerter Reiter. Und wir Narren hatten wegen der Hitze sorglos unsere Rüstung gelockert; wir hatten ja den Feind erst jenseits des Passes erwartet. Meinen Männern drohte der Mut zu entsinken, ich feuerte sie aus Leibeskräften an. Kapitulation hätte einen qualvollen Tod bedeutet; die Araber kannten kein Pardon und machten nie Gefangene. Erspart mir bitte die Einzelheiten des mörderischen Kampfes. Wir wehrten uns wie die Löwen – und wir schafften es. Die Chancen lagen eins zu hundert, aber wir schafften es, den Steinwürfen, Schwerthieben, Lanzenstichen und Pfeilschüssen standzuhalten. Fragt mich nicht, auf welch wunderbare Weise.

Und dann war der Kampf zu Ende, der heimtückische Feind hatte aufgegeben. Da stand ich nun, der Reitertribun Georg aus Kappadokien, dreiundzwanzig Jahre alt, als Sieger umringt von meinen völlig erschöpften und blutüberströmten, aber restlos stolzen und glücklichen Männern, die jetzt noch gar nicht ihrer Wunden achteten, sondern mich umarmten und küßten, als hätten sie mir ihr Leben zu verdanken. Und ich mittendrin, atemlos vor Glück. Wem sollte ich danken? Dem blutigen Mars? Der launischen Fortuna? Dem dumpfwaltenden Schicksal? Der unbesiegten Sonne, an die wir Soldaten glaubten? Ich griff nach dem Amulett, dem Vermächtnis des toten Germanen; ich wollte wissen, was für Zeichen darauf eingeritzt waren: es waren ein Fisch und auf der Kehrseite das Monogramm Christi: ☧ Die Zeichen kannte ich natürlich; wir hatten viele Christen im Heer. Ich hatte nur ihren Glauben bisher nicht ernst genommen. Jetzt wußte ich, wem ich mein Siegesglück verdankte.«

So endete seine Erzählung. Für Augenblicke glich er seinem Abbild auf den russischen Ikonen. Sonnenstrahlen, die durch die hohen Seitenfenster ins Querschiff fielen, hatten ihn wie in einer Gloriole eingefangen. Barbara blickte voller Bewunderung zu ihm auf. Diese Geschichte war viel schöner als alle Legenden, die sich um die Gestalt des Drachentöters rankten; mochte sie auch vielen unzeitgemäß erscheinen und Erzzivilisten wie dem Diakon überhaupt nicht behagen. Vielleicht würden die Sieger von heute, die Sieger großer sportlicher Wettkämpfe, Georgs Glück am ehesten verstehen, obwohl es bei ihnen ja nicht um Leben und Tod geht. Oder die Polizisten in ihrem Kampf gegen Terroristen und Verbrecherbanden. Oder schließlich ihre und Sankt Georgs Schutzbefohlene, die Soldaten, die es ja leider noch immer geben muß. Denn das Böse bleibt eine heimtückische, allgegenwärtige Macht. Keiner weiß das besser als jene, die es mit Gottes Hilfe überwanden.

Inspektor Wichtig hatte seine »Bruderschaft« zusammengestellt. Zum Glück waren die meisten Polizisten sowieso katholisch; einige holte man schnell aus den benachbarten Stationen nach Lichtenfels.
Als man ihnen ihre sonderbare Aufgabe erklärte, konnten sie ein vergnügtes Schmunzeln nicht unterdrücken. Endlich mal was anderes als der öde Streifendienst mit seinen Promillesündern. Einige freilich, unter ihnen Hauptwachtmeister Krummfiedel, äußerten Bedenken. In frommer Vermummung in eine Wallfahrtskirche eindringen, um dort Menschen zu verhaften, die bisher nichts Sittenwidriges getan hatten und möglicherweise niemals tun würden, verstieß das nicht gegen das polizeiliche Berufsethos? Vielleicht handelte es sich nur um

eine harmlose Schauspielertruppe, die die Örtlichkeit für ein geplantes Mysterienspiel in Augenschein nahm? Inspektor Wichtig ließ diese Bedenken nicht gelten. »Wozu brauchen sie dann Funkanlagen, Amphibienfahrzeuge und Motorsegler? Irgendwas ist faul an der Sache. Sollten sie sich wirklich als harmlose Komödianten entpuppen, entschuldigen wir uns selbstverständlich.«
»Und ganz Deutschland lacht über uns Oberfranken wie über die Ostfriesen«, rief einer aus der hinteren Reihe.
Wichtig überhörte es. Er ließ Krummfiedel die Gebetbücher und Rosenkränze an die Mannschaft verteilen. »Im Omnibus werden noch einige Lieder geübt. Der Rosenkranz wird um die linke Hand gewickelt, damit die rechte notfalls die Dienstwaffe ziehen kann.«
»An heiliger Stätte?« fragte Krummfiedel aufgebracht. »Ausgeschlossen, Inspektor!«
»Es wird hoffentlich nicht nötig sein, nur bei tätlichem Widerstand. Außerdem sind nicht wir es, die die Kirche als Operationsgebiet ausgesucht haben. Für den äußerst unwahrscheinlichen Fall, daß es sich um Fanatiker handelt, müssen wir uns leider auf alles gefaßt machen. Ich betone aber ausdrücklich, mir liegt nichts an Blutvergießen!«
Sondern nur an der Beförderung zum Oberinspektor, sagte Krummfiedel, aber ganz leise.

Von den Nothelfern schienen jetzt sogar die hochwürdigsten Exzellenzen Hunger zu verspüren. Jedenfalls schlug Sankt Erasmus eine weitere Pause vor, um die natürlichen Bedürfnisse zu stillen. Welche er persönlich meinte, ging deutlich daraus hervor, daß er die ringgeschmückte Rechte über seinen Bauch gleiten ließ.

Leider säße kein speziell gegen den Hunger anzurufender Patron unter ihnen; Katharina sei zwar für die Feldfrüchte, Veit für Aussaat und Ernte zuständig, aber das dauere selbstverständlich zu lange. So sei er bereit, seine kostbare vergoldete Gedärmewinde zu versetzen. (Daß es sich dabei ursprünglich um eine Schiffswinde mit Ankerseil handelte, hatte er selber längst vergessen.)
Die anderen protestierten. Lieber hungern als ein solches Opfer bringen! »Wenn wir schon unsere Attribute versetzen müssen, dann fange ich mit meinem Turm an«, erklärte Barbara. Katharina wollte ihr an Spendenfreudigkeit nicht nachstehen und bot ihr Rad an. Fast wäre es zu einem moralischen Wettlauf zwischen den beiden Damen gekommen, da vernahmen sie plötzlich vor dem Hauptportal kräftige Männerstimmen. Sie sangen:

»Ein Haus voll Glorie schauet
weit über alle Land,
aus ewgem Stein erbauet
von Gottes Meisterhand ...«

»Auf die Plätze, marsch, marsch!« kommandierte Eustach. »Pilger kommen.«
Pilger kommen! Vielleicht beten sie sogar zu uns und rufen uns um unsere Fürsprache an. Und nicht nur einzelne »Versprengte«, wie es beim Militär heißt, sondern gleich ein ganzer Trupp, und keine zahnlosen Alten, sondern Männer in den besten Jahren!
Die Herzen der Nothelfer schlugen schneller; Katharina tupfte sich die verschwitzte Stirn ab, Dionys brachte sein leicht verrutschtes Märtyrerhaupt wieder in die ideale Position, Ägidius klopfte der aufgeregten Hirschkuh beruhigend auf die Flanken, Cyriak strich sich die zerknitterte Tunika glatt. Alle sahen sie gespannt und

erwartungsvoll der mannhaft singenden Pilgerschar entgegen.

»Herr, wir loben dich,
Herr, wir preisen dich,
o laß im Hause dein
uns all geborgen sein.«

Die ersten Reihen der überaus diszipliniert einmarschierenden Wallfahrer hatten die Nothelfer umgangen und sich – ausgerechnet bei »all geborgen sein« im Halbkreis hinter ihnen aufgestellt. Ein etwas kurzgeratener Herr mit der Nickelbrille eines jugendlichen Intellektuellen im verkniffenen Gesicht eines Juristen, Inspektor Wichtig, grüßte die Versammlung der Nothelfer mit ausgesuchter Ehrfurcht.
»Entschuldigen die Herrschaften bitte die Störung«, begann er. »Sie scheinen gerade eine Szene für ein Fernsehspiel einzustudieren.«
»Fernsehspiel?« fragte Katharina verwundert.
»Oder auch Dokumentarstück. Jedenfalls sind Sie gewiß wegen einer Sendung so malerisch gekleidet.«
»Unsere Sendung ist, den Menschen zu helfen.«
»Ein Sozialfilm also. Das gibt geringe Einschaltquoten.«
Die Nothelfer blickten sich ratlos an. Was waren Einschaltquoten?
Wichtig fuhr fort: »Dürfte ich bitte Ihre Ausweise sehen? Ich bin Inspektor Wichtig von der Polizei.«
»In unserer Kirche verlangen Sie Ausweise von uns? Seltsam! Aber wenn Sie darauf bestehen«, sagte Katharina und hob ihr Rad hoch, »hier ist der meine.«
»Meinen können Sie sogar hören, allerwertester Schutzmann«, rief Erasmus und kurbelte an der Gedärmewinde, daß sie quietschte, direkt am Ohr des Inspektors.

»Beachten Sie die Würde des Ortes«, befahl dieser streng, »und treiben Sie keine dummen Späße!«
»Wer treibt hier Späße?« fragte Katharina zornig und machte dabei eine so heftige Bewegung, daß ihr Gewand verrutschte und eine Schulter von klassischer Schönheit freigab. Die jüngeren Polizisten atmeten schneller. »Wir sind die Besitzer dieser Kirche, die vierzehn Nothelfer. Andere Ausweise als unsere Attribute haben wir nicht. Die genügten ein halbes Jahrtausend lang.«
»Ich stamme leider nicht aus jenem Jahrtausend. Wir mißverstehen einander, Madame. Vielleicht drückte ich mich nicht klar genug aus: Passeport, Dokument, Tessera, irgend etwas werden Sie doch bei sich tragen, meinetwegen auch Arbeitserlaubnis oder Führerschein.«
»Tut mir leid, nicht einmal den Heiligenschein«, lautete die Antwort.
»Dann müssen wir Sie mit auf die Wache nehmen, zur Überprüfung der Identität.«
»Aber das läßt sich hier viel einfacher erledigen, Inspektor. Vergleichen Sie uns doch mit unseren Abbildern am Gnadenaltar. Dort stehen wir zwar in verkleinertem Maßstab, sind aber durchaus wiederzuerkennen.«
»Jaja«, sagte Wichtig gereizt, »daß Sie die Rolle der Nothelfer gut einstudiert haben, merke ich. Doch keine Sorge, wir haben unsere Rollen genauso gut einstudiert.« Und er hob die Hand zum Zeichen für seine Männer, die Pilgermaske fallen zu lassen und die Dienstpistolen auf die Heiligen zu richten. Im selben Augenblick kamen zwei seiner Leute aus dem Seitenschiff und meldeten ihm, sie hätten die geheime Funkanlage entdeckt. Wichtig atmete auf, endlich ein schlüssiges Verdachtsmoment!
»Wünschen der allerwerteste Schutzmann, daß wir die

Hände hochheben?« fragte Erasmus mit oberhirtlicher Sanftmut.
»Reden Sie mich nicht mit allerwertester Schutzmann an! Ich bin Inspektor der bayerischen Polizei.«
»Deswegen müssen Sie aber nicht schreien wie ein Scherge Diokletians«, gab Erasmus würdevoll zurück.
»Machen Sie mir keine Vorschriften!« herrschte ihn Wichtig an.
Nun war Erasmus doch gekränkt. »Vorschriften machen – ich wollte Ihnen nur etwas Benehmen beibringen, Allerwertester. Im übrigen mache ich Sie darauf aufmerksam, zwei von uns tragen Schwerter bei sich. Treten Sie zurück, damit es Ihnen nicht geht wie seinerzeit dem Malchus und Sie ein Ohr einbüßen.«
Schwerter? Inspektor Wichtig blickte Krummfiedel scharf an. Daß der das noch nicht bemerkt hatte!
Krummfiedel zuckte mit den Schultern. »Dann also doch: Hände hoch!«
Eustach und Georg reckten die Schwerter, Dionys, den die Polizisten seiner Kleinheit wegen nicht wahrgenommen hatten, hielt mit beiden Händen den Kopf in die Höhe.
Ein Schreckensschrei entfuhr den Hütern des Gesetzes, das kalte Grausen packte sie, Krummfiedel bekreuzigte sich dreimal mit der Dienstpistole; nur Inspektor Wichtig wahrte – wenn auch mit Mühe – die Fassung. »Es ist kein Zombie«, rief er, »er spielt den heiligen Dionys mit dem geköpften Kopf! Alles nur Theater!«
Da tippte sich der Pariser Bischof in seiner unnachahmlichen Art an die Stirn, so daß sich auch den robustesten Naturen unter den Polizisten die Haare sträubten; die sensiblen schauten schon gar nicht mehr hin. Inspektor Wichtig spürte, wie ihm die Autorität entglitt. Darum rief er mit schneidender Stimme:

»Laßt euch nicht verrückt machen, Leute! Habt ihr noch nie auf dem Jahrmarkt die Dame ohne Unterleib gesehen? Das ist genau derselbe Trick. Keine Bange, im Kittchen wird er uns sein wahres Gesicht offenbaren. Nehmt sie alle in Gewahrsam, los, los!«
Die Polizisten zögerten, noch hatten sie den Schrecken nicht verdaut. Katharina sah ihre Scheu und wandte

sich zum Inspektor. Er brauche keinen von ihnen in Ketten legen lassen, erklärte sie, sie kämen freiwillig mit; schließlich seien sie klug genug, um zu erkennen, daß jeder Widerstand nutzlos sei; trotz der beiden Schwerter.

Nach kurzem Überlegen stimmte der Inspektor zu, vorausgesetzt, die Schwerter würden ohne Widerspruch ausgeliefert.

Plötzlich stand der Riese Christophorus hinter dem kleinen Inspektor und fragte: »Wollen Sie mich auch abführen?«

Beim Klang dieser Stimme zuckte Krummfiedel zusammen. Das war ja der entwischte Raser im Amphibienauto! Nur hatte er inzwischen den modischen Jeansanzug mit einem barocken Kostüm vertauscht. Krummfiedel flüsterte dem Inspektor seine neueste Erkenntnis ins Ohr, was diesen veranlaßte, seine strengstmögliche Amtsmiene aufzusetzen. »Jeder wird abgeführt, der sich nicht ausweisen kann!«

»Mein Funkgerät also auch. Es trägt weder Markenzeichen noch Produktionsnummer. Darf ich es wohl in der Gefangenschaft weiter bedienen?«

»Sie sind ja höllisch naiv, Mann!«

»Warum höllisch? Himmlisch klingt besser.«

»Wie Sie wünschen, Herr ...?«

»Christophorus ist mein Name, Sankt Christophorus.«

Krummfiedel bestätigte, das habe er bei der Straßenkontrolle auch schon behauptet; er habe es ihm natürlich nicht geglaubt.

»Dann wird es Zeit, daß Sie Ihren Unglauben aufgeben«, sagte Inspektor Wichtig spöttisch, »oder merken Sie nicht, daß wir von lauter Heiligen umgeben sind? Recht merkwürdigen Heiligen allerdings: betreiben Funkanlagen ohne jede Genehmigung, stehlen Autos –

oder haben Sie inzwischen die Fahrzeugpapiere gefunden, Herr Christophorus?«
Der heilige Zweimetermann blickte auf den etwas kurz geratenen Inspektor mit der gebührenden Verachtung herunter. »Blasen Sie sich nicht auf, Sie Wicht. Das Auto überlaß ich ihnen gern, falls Sie jemand finden, der es steuern kann. Doch wenn Sie mich daran hindern, die Funkanlage zu bedienen, übernehmen Sie eine ungeheuere Verantwortung.«
»Danke! Ich hoffe, darunter nicht zusammenzubrechen.«
»Es könnte Ihre Karriere ruinieren, ich warne Sie.«
»Ich dachte, der heilige Christophorus sei nur ein Fährmann, jetzt gehört er wohl schon zu den Unglückspropheten, wie?«
»In diesem Falle ja, leider. Ich ersuche Sie, die Beschlagnahme des Gerätes schriftlich zu bestätigen.«
»Wenn Sie das beruhigt, gern.«
»Es beruhigt mich überhaupt nicht«, sagte Christophorus düsteren Blickes. »Es entlastet mich aber vor dem allerhöchsten Verkehrsgericht, wenn die Zahl der Opfer sprunghaft ansteigen sollte.«
»Mann, reden Sie keinen Stuß! Allerhöchstes Verkehrsgericht! Das existiert auch bloß in Ihrer Phantasie.« Nach diesen Worten wandte sich Wichtig an Krummfiedel und fragte, ob die Schwerter abgeliefert seien.
»Widerstandslos«, bestätigte Krummfiedel. Dann verzog er das Gesicht zu einem Grinsen. »Die sind so schartig, daß man damit nicht einmal Hühner schlachten könnte; müssen aus irgendeiner Theatergarderobe geklaut worden sein.«
»Das wird sich ja herausstellen. Bringt die Leute zum Bus. Gespannt bin ich, wer diesen Nothelfern aus ihrer Notlage hilft.«

General Eustach erhob seine befehlsgewohnte Stimme: »Procedamus, Freunde!« Und er schritt voran. Die anderen folgten ihm, von der bayerischen Landespolizei fürsorglich bewacht. Als sich Sankt Ägidius mit der Hirschkuh anschließen wollte, hielt ihn Krummfiedel fest: »Holla, wo kommt denn dieses Vieh auf einmal her?«
»Dieses Vieh war schon vor Ihnen da«, entgegnete der Einsiedler höflich.
»Sie wissen wohl nicht, daß das Einschleppen von Wildtieren in Gotteshäuser ordnungswidrig ist?«
»Das wußte ich nicht. Ich habe Nanni auch nicht eingeschleppt, sie folgte mir aus freien Stücken. Aber Sie sehen ja, daß ich die Ordnungswidrigkeit gerade beheben und Nanni aus der Kirche hinausführen will.«
»Das Tier bleibt hier. Wir eröffnen doch keinen Zoo in Lichtenfels. Herbert!« Er rief einen jungen Polizisten herbei. »Herbert, du bist doch im Tierschutzverein. Nimm diesen Rehbock...«
»Sie meinen die Hirschkuh?« fragte Herbert.
»Meinetwegen das Mondkalb«, brummte Krummfiedel gereizt. »Sie schaffen das Vieh sofort zu den Franziskanern hinüber. Die lieben alles, was kreucht und fleucht. Sie können damit machen, was sie wollen. Wenn sie es aber schlachten, möchten sie uns einen saftigen Schlegel übriglassen. Verstanden?«
Herbert grinste. Nanni grinste nicht, sie blickte ihn böse an und bellte. Und beruhigte sich erst, als Sankt Ägidius ihr zärtlich das Nackenfell kraulte und ihr etwas zuflüsterte, vermutlich auf lateinisch. Dann folgte sie geduldig dem Polizisten Herbert zum Kloster.
Inspektor Wichtig und Hauptwachtmeister Krummfiedel folgten dem Zug der seltsamen Gefangenen in gebührendem Abstand. Wichtig rieb sich nachdenklich das Kinn. Waren diese angeblichen Nothelfer wirklich

gemeingefährliche Subjekte? Konnte man sich vorstellen, daß diese Truppe hochwürdiger Herren, merkwürdiger Ritter und liebenswürdiger Damen einen Terroranschlag vorbereiten wollte? Ob es sich nicht doch um arbeitslose Schauspieler handelte, die sich einen Jux erlaubten? Aber warum trugen sie keine Ausweise bei sich? Wie kamen sie zu dem Lastensegler, zu dem Amphibienfahrzeug und vor allem zu der höchst ungewöhnlichen Funkanlage? Wer finanzierte das alles? Mußte da nicht eine machtvolle Organisation dahinterstecken?

»Krummfiedel«, sagte er, »behandeln Sie die Leute höflich, vor allem die Damen. Ich will ihretwegen keinen Ärger kriegen. Man kann nie wissen, wie solch ein Unternehmen endet.« Er seufzte und fügte hinzu, als hätte er Shakespeare gelesen: »Es gibt mehr Dinge zwischen Himmel und Erde, als unsere Schulweisheit sich träumen läßt.«

Krummfiedel gefiel diese melancholische Anwandlung seines Chefs überhaupt nicht; ihm war selber nicht sehr behaglich zumute. Wenn er an diesen kopflosen Bischof dachte, würgte es ihn jetzt noch in der Kehle. War das wirklich ein Kollege der Dame ohne Unterleib? Um sich selbst und den Inspektor von den Zweifeln abzulenken, fragte er, ob er die gelungene Aktion nach Bayreuth melden solle. Der Inspektor nickte. »Geben Sie das vereinbarte Codewort durch: Alle Vögel sind schon da, alle Vögel alle!«

Daß einer entflogen war, ahnten sie nicht.

Katharina, Patronin der Pariser Sorbonne und von sieben juristischen Fakultäten, blätterte im Geiste die Strafgesetzbücher sämtlicher zivilisierter Nationen durch. Was konnten ihnen die Behörden vorwerfen? Fehlende Ausweise und Arbeitserlaubnisse – womöglich wog das in deutschen Landen schwer; den Besitz einer nicht genehmigten Funkstation; das unerlaubte Überfliegen eines Sperrgebietes; dem Christophorus zudem verkehrsgefährdende Raserei; vielleicht noch – wer weiß, welchen neuen Erlaß der Vatikan inzwischen ausgebrütet hatte – ungebührliches Verhalten an geweihter Stätte. Ägidius hätte seine Hirschkuh besser draußen lassen sollen. Aber wem gehörte Vierzehnheiligen denn in erster Linie? Die Besitzer waren doch sie, die vierzehn Nothelfer. Schade, daß sie keine schriftlichen Unterlagen mitgenommen hatten. Juristische Schlamperei rächt sich immer auf Erden.
Wichtig beschloß, die Verhafteten in der Polizeistation (Lichtenfels besitzt keine Strafanstalt) nicht auf mehrere Räume aufzuteilen, sondern in der großen Wachstube unterzubringen, selbstverständlich unter strengster Bewachung. Zum Verhör würde er sie einzeln in sein Büro kommen lassen.
Veit machte die Fahrt in der »Grünen Minna«, in Bayern auch »Zeiserlwagen« genannt, regelrecht Spaß. Er hätte die Gefährten am liebsten mit lustigen Wundergeschichten aus seiner jahrhundertelangen Bettnässerpraxis erheitert, aber die wollten sich lieber mit lateinischen Hymnen Mut ansingen; denn leise Befürchtungen plagten sie doch.
Was für Kerker würden auf sie warten? Finstere, stinkige Rattenlöcher wie einst in Rom, Antiochien, Nikomedien oder Paris? Welche Folterwerkzeuge und Tötungsmaschinen würde man ihnen androhen?

Obwohl sie einen gewaltsamen Tod nicht scheuten, atmeten sie doch auf, als sie aus dem »Zeiserlwagen« ausgeladen und in einen freundlich erhellten Saal geführt wurden mit gedeckten Tischen, einem Fernseher in der Ecke und bequemen Sesseln davor. Kein glühender Rost, kein Richtschwert, kein mit Messern gespicktes Rad, keine eiserne Jungfrau, kein spanisches Brett, keine blutrünstigen Tiere. Und statt der Henkersknechte erschienen adrette Polizeianwärter und erkundigten sich höflich nach ihren Wünschen für den abendlichen Imbiß.
Veit rieb sich vergnügt die Hände. Jetzt kriegte er doch noch eine Mahlzeit, und zwar kostenlos spendiert. Was es gab, war ihm egal, nur kein Götzenopferfleisch. Denselben Wunsch äußerten auch die anderen.
Die Polizeianwärter notierten es gewissenhaft: »Kein Götzenopferfleisch.« Hoffentlich wußten die in der Kantinenküche Bescheid!
Doktor Pantaleon, dem Patron für Auszehrung und wahre Buße, kam die scheinbar entspannte Lage nicht ganz geheuer vor. Sicher würde ihnen niemand den Kopf abschlagen oder die Glieder ausrenken oder die Hände auf die Stirne nageln. Selbst die grausamen Bolschewisten waren inzwischen von diesen barbarischen Methoden abgekommen. Aber da sollte es inzwischen die von ihnen erfundene Folter der Gehirnwäsche geben und die vielfältigen Möglichkeiten, durch pharmazeutische Präparate und Injektionen die Persönlichkeit des Menschen zu verändern. Diente das höfliche Verhalten der uniformierten Staatsdiener vielleicht dem hinterhältigen Zweck, ihre Wachsamkeit einzuschläfern, um sie gefügig zu machen?
Er sah sich um. Den Freunden schienen solche Befürchtungen fremd zu sein, ihr Stimmungsbarometer klet-

terte sichtlich nach oben. So beschloß Doktor Pantaleon, sie nicht in Unruhe zu versetzen.
»Fahren wir doch mit unserer Konferenz fort«, schlug Katharina vor. »Einige Punkte verlangen noch intensiveres Detailstudium.« Doch davon wollten die anderen nichts wissen. Das sei kein geeigneter Ort dafür, unter den Augen der Staatsmacht gebe es keine freie Diskussion.
Barbara meldete sich zu Wort: »Georg und ich machen euch einen besseren Vorschlag, Freunde. Wir haben eine Runde Sekt bestellt. Sobald er gebracht wird, stoßen wir auf unsere Verlobung an.«
Die Neuigkeit schlug ein wie die Granate einer Dicken Berta im Ersten Weltkrieg.
»Das war kaum der Zweck unseres Urlaubs«, moserte Cyriak.
»Liebe auf den millionsten Blick!« scherzte Ägidius.
»Keineswegs«, widersprach Georg, »wir kannten uns schon in Nikomedien. Doch damals spähte ich noch immer nach einer waschechten Prinzessin aus; inzwischen habe ich längst erkannt, daß Barbara die Königin meines Herzens ist. Und so wollen wir die Verlobung nachholen.«
»Warum feiert ihr nicht gleich die Hochzeit? Im Himmel geht das nicht mehr, wie ihr wißt«, meinte Veit.
»Man soll nichts übereilen«, sagte Georg. »Außerdem verlangt eine Heirat heutzutage eine Menge Formalitäten, vier Wochen vorher muß zum Beispiel das Aufgebot bestellt werden. Es ist alles recht umständlich geworden. Zu unserer Zeit gelobten sich zwei junge Menschen ewige Liebe und Treue bis zum Tod, vor Zeugen, versteht sich, und galten als ein Paar. Vielleicht schaffen wir die Hochzeit beim nächsten Erdenurlaub. Eingeladen seid ihr alle!«

Die Bischöfe fanden noch immer keine Worte, wie meistens bei unerwarteten Entwicklungen; und ehe sie sich zu einem gemeinsamen Hirtenwort aufrafften, wurde ihnen diese Sorge abgenommen. Die schmucken Polizeischüler erschienen zwar mit einem Tablett, auf dem vierzehn mundgeblasene Gläser funkelten, und etlichen Flaschen, aber ohne Sekt und Wein. Sauerbier meinte, man dürfe die Fraternisierung nicht zu weit treiben, und hatte verfügt, sich auf Fruchtsäfte zu beschränken. Besser als Weihwasser schmecke es allemal.
Den Nothelfern war sowieso nicht nach Feiern zumute. Christophorus vor allem, sonst ein Muster an Gelassenheit, strich immer nervöser seinen Bart. Er wußte nämlich, was sich auf den Straßen anbahnte, und litt geradezu körperlich unter der Unmöglichkeit, helfend einzugreifen. Er verriet jedoch keinem etwas davon, auch nicht Inspektor Wichtig, als ihn dieser zur speziellen Einvernehmung in sein Büro holen ließ. Christophorus schien ihm der einzige wirklich Gefährliche unter den Verhafteten zu sein. Eine Funkanlage wie die seine besaß die bayerische Polizei seines Wissens nicht. Woher er sie habe?
Das gehe niemand etwas an, entgegnete der Patron.
Inspektor Wichtig war freilich anderer Ansicht und klärte ihn zunächst einmal darüber auf, wie viele Genehmigungen in Deutschland zum Betreiben solcher Anlagen erforderlich seien. »Mann, Sie hören mir ja gar nicht zu!« herrschte er ihn an, als er sah, daß Christophorus die Augen an ihm vorbei zur Straße richtete. Er bedauerte im stillen die christlichen Autofahrer, die ihn jetzt anriefen; sie würden die ersten Opfer sein. Und er konnte nur hoffen, daß sie schlimmstenfalls in der Unfallklinik, nicht aber auf dem Friedhof landeten.
Die Zeit im »Gefängnis« tröpfelte langsam dahin, drau-

ßen hagelte und schüttete es. Dionys war seit dem Beginn seiner neuerlichen Einkerkerung kein Wort über die Lippen gekommen; Erasmus hüllte sich fröstelnd in seinen Bischofsmantel: in Syrien pflegte es wärmer zu sein. Blasius schritt, lateinische Gebete murmelnd, auf und nieder.

Da zupfte Veit Eustach am Ärmel und sagte: »General, Nothelfer Veit bittet gehorsamst, austreten zu dürfen.«

Eustach wunderte sich. »Schon wieder? Du warst doch erst vor einer Viertelstunde. Du hättest dir doch deinen ominösen Topf als Attribut mit auf den Urlaub nehmen sollen. Doch warum wendest du dich deswegen an mich? Die Wache mußt du fragen.«

Veit sagte: »Ich kann doch nicht die Wache um Fluchterlaubnis bitten.«

Überrascht hob Eustach die Brauen. Veit zog ihn zur Seite und sprach mit gedämpfter Stimme: »Auf der Toilette vertausche ich diesen Kittel mit einer Polizeiuniform. Kuno besorgt sie mir.«

»Wer ist Kuno?«

»Kuno ist ein älterer, bereits ergrauter Wachtmeister; der sollte mich am Örtchen beaufsichtigen. Kaum waren wir außer Hörweite der anderen, fragte er mich: ›Sie, ist der heilige Veit auch da drinnen?‹

›Da drinnen nicht‹, sagte ich, ›er steht vor Ihnen.‹

Ehrfürchtig trat er einen Schritt zurück, dann zwinkerte er mir vertraulich zu: ›Kennen Sie mich nicht mehr? Es ist zwar schon fünfzig Jahre her. Da haben Sie mich geheilt. Vom Bettnässen. Kein Arzt wußte einen Rat, da pilgerte meine Mutter mit mir zu Ihnen – und es klappte auf Anhieb.‹

Das freute mich natürlich sehr.

›Aber jetzt plagt mich die Prostata, fürchterlich, sag ich Ihnen. Manchmal krümme ich mich vor Schmerzen.‹

›Und eure erstklassigen Chirurgen hierzulande, können die nicht helfen?‹
›Vielleicht, aber ich hab so große Angst vor einer Operation. Wenn ich ohne Operation gesund werden könnte, lieber heiliger Veit!‹ Er wollte vor mir niederknien, doch ich bedachte, wo wir uns befanden, und sagte: ›Komm, steh auf, es geht auch so‹, legte ihm die Hand auf den Kopf und sagte: ›Dein Vertrauen ehrt mich. Du bist geheilt.‹
Und Kuno glaubte, obwohl er noch nicht nachgeprüft hatte. Er floß über vor Dankbarkeit und wäre wohl ganz aus dem Häuschen geraten, wenn wir uns nicht gerade auf dem Örtchen befunden hätten. ›Kann ich etwas für dich tun?‹
›Und ob‹, sagte ich. ›Laß mich hier raus!‹
›So ohne weiteres geht das nicht‹, sagte er. ›Die Posten am Eingang würden mich festnehmen.‹ Aber wenn ich in einer halben Stunde wieder ›müsse‹, so besorge er bis dahin eine Uniform für mich; ich könne mich auf der Toilette umziehen und dann gefahrlos die Inspektion verlassen. ›Es geistern heute viele auswärtige Kollegen durchs Gebäude, da fällst du gar nicht auf!‹ Und darum, mein lieber Eustach, verschwinde ich jetzt und hole Hilfstruppen, um euch zu befreien!«
»Viel Glück, mein Junge!«
Gerne ließ Eustach ihn nicht fort. Ein Erfolg der von Veit geplanten Aktion schien ihm doch sehr zweifelhaft. Wer würde einem fremdländischen Halbwüchsigen die Polizeiuniform glauben? Ja, wenn es ein Krieger wie Achaz wäre! Achaz – der Name elektrisierte ihn. Wie hatten sie ihn vergessen können! Sicher war es Gottes Wille gewesen, daß er die Konferenz verärgert verlassen hatte. Jetzt war er der einzige freie Mann unter den Nothelfern, und was der Pfeffer in der Suppe

war – die Polizei ahnte nichts davon. Sie hielt Balthasar Neumann für den angeblich vierzehnten Nothelfer, der wie ein Häufchen Elend in der Ecke saß. Auf bambergischem Gebiet verhaftet und gefangen zu sein, welch eine Schmach für einen Oberst der fränkischen Kreisartillerie! Er war eine solche Demütigung nicht gewohnt, hatte er doch niemals Folter oder Martyrium erlebt.

Eustach wurde klar: sie mußten Achaz anrufen. Er war ja nicht nur Patron der Jäger (hoffentlich nicht auch noch der Polizei!), wie er untertreibend behauptete, sondern seit alters auch Patron der Verfolgten. Wie hatten sie das nur vergessen können!

Und so dauerte es nicht lange und alle Nothelfer sangen im Ton der Allerheiligenlitanei:

Sancte Achati, ora pro nobis!
Sancte Achati, audi nos!
Sancte Achati, salva nos!

Das mußte er doch hören!

Und Achaz hörte und half. Aber nicht sofort.

Zunächst müssen wir zurückmarschieren in die Mittagszeit. Erinnern wir uns: Achaz hatte im Zorn die Konferenz verlassen. Pioniere sind zu allen Zeiten von Durst geplagt, zumal nach einem so strapaziösen Marsch, wie Achaz ihn hinter sich hatte. Kein Wunder, daß seine müden Füße ihn unwillkürlich ins nächste Gasthaus trugen. Der Wirtin erschienen seine malerische Uniform und das Schwert an seiner Seite durchaus nicht sonderbar. Im Sommer kamen viele Folklore- und Trachtengruppen nach Vierzehnheiligen, und fast immer fanden sich darunter Gesellen, die keine barocke

Kirchenluft vertrugen und sich lieber rechtzeitig einen günstigen Platz an der nächsten Theke sicherten.
Der Zenturio peilte mit kurzem Blick die Lage. In der Gaststube waren nur wenige Leute. Ein älterer Mann mit soldatischem Bürstenhaarschnitt und einer Narbe auf dem Kinn weckte sein Vertrauen. Und da er sich, wie alle Südländer, beim Trinken Gesellschaft wünschte, bat Achaz militärisch knapp um Erlaubnis, am selben Tisch Platz nehmen zu dürfen.
Der sympathische Herr hieß ihn willkommen, seine weniger sympathische Frau zog die Nase hoch und rückte einen Zoll zur Seite. Igittigitt, ein Ausländer! Ihr Mann – nennen wir ihn gleich bei seinem Namen: Professor Tausendpfund – spürte wohl schon die Seelenverwandtschaft, die sich gleich offenbaren sollte, und empfahl Achaz, dasselbe dunkle Bier wie er zu bestellen. »Ganz vorzüglich, sag ich Ihnen! Diese Franken verstehen noch zu brauen. Da müssen Sie weit reisen, um so etwas zu bekommen.«
»Weit gereist – das bin ich, jawohl!«
»Das sieht man ja gleich, daß Sie nicht aus dieser Gegend sind«, bemerkte die Frau.
Achaz lachte verschmitzt. »Das täuscht, gnädige Frau. Einerseits bin ich's, andrerseits bin ich's nicht. Ich bin hier nämlich seit langem ansässig, geboren aber bin ich im wilden Kurdistan«, sagte er, als habe er Karl May gelesen.
»Kurdistan! Wie aufregend! Dann tragen Sie wohl Ihre Stammestracht?«
»Sagen wir besser: Standestracht.« Behaglich kraulte er sich den Bart. »Aber ich laufe nicht immer so herum, eigentlich nur im Urlaub. Für gewöhnlich trage ich gar keine Kleider mehr.«
Bei dieser Auskunft zog Frau Tausendpfund die Nase

noch höher und rückte zwei weitere Zoll von ihm ab. Igittigitt, auch noch textilfrei! Ihr Gatte meinte nur, in der Hitze wäre das wirklich manchmal am bequemsten und angenehmsten.
Die Wirtin brachte das Bier. Achaz prostete dem Ehepaar zu und tat einen kräftigen Zug. Seine Miene hellte sich auf. Tausendpfund freute sich mit ihm. »Ja, so ein Bier wirkt Wunder.«
»Apropos Wunder«, sagte Achaz und wischte sich den Schaum aus den Mundwinkeln. »Geschehen hier eigentlich noch Wunder wie früher?«
»Sie meinen solche wie in Lourdes und Fatima? Lahmer wirft Krücken weg, Blinder fährt plötzlich Auto, Bluter hört zu bluten auf und so? Da sollten wir die Wirtin fragen.« Er winkte sie herbei und wiederholte Achazens Frage.
»Nicht, daß ich wüßte. Früher soll das öfter vorgekommen sein. Aber da besaßen die Leute einen festeren Glauben als heute, sonst hätten sie ja kaum unsere herrliche Kirche erbaut.«
»Aber Bekehrungen finden doch noch statt?« erkundigte sich Achaz.
»Bekehrungen? Wozu?«
»Zu einem guten christlichen Leben, zum Beispiel.«
»Ach, dazu! Mag sein. Woher soll ich das wissen? Wünschen Sie auch was zu essen?« Tausendpfund empfahl ihm fränkische Bratwürste mit Kraut. Die Wirtin kehrte zum Schanktisch zurück.
Achaz blickte ihr nach. »Sie sollte längere Röcke tragen, schöne Beine hat sie nicht.«
Frau Tausendpfund rückte noch weiter zur Seite; die Nase konnte sie schon nicht mehr höher ziehen. Igittigitt, ein Wüstling auch noch dazu!
Achaz entging ihre mißbilligende Geste nicht und er-

klärte, er sei's einfach gewohnt, darauf zu achten, er denke sich überhaupt nichts dabei. »Schließlich war ich mein Lebtag lang Soldat.«
»Berufssoldat also? Alter Fronthase, was?« Tausendpfund rückte vertraulich näher. »Ich sah es auf den ersten Blick, Kamerad. Denn dann sind wir Kameraden. Bei welcher Einheit, wenn ich fragen darf.«
»Bei der zweiten isaurischen Legion.«
Tausendpfund stutzte. Von einer isaurischen Legion hatte er noch nie etwas gehört. War das eine ähnliche Freiwilligentruppe wie die Legion Condor oder die Blaue Division?
»Und wo wart ihr eingesetzt?«
»An der unteren Donau, am Balkan, an Euphrat und Tigris – wo man halt uns Pioniere brauchte.«
»Pioniere! Mann, das ist ja großartig!«
»Großartig? Finde ich nicht. Als Pionier bist du – Madame, entschuldigen Sie – der Arsch der Armee. Du kriechst im Schlamm – die Kavallerie galoppiert vorbei und kassiert die Auszeichnungen.«
Da mußte ihm Tausendpfund zustimmen. Er hatte ja auch nur »großartig« gesagt, weil er zu den Pionieren eingezogen war. Damals studierte er auf der Technischen Hochschule Darmstadt und hatte vor, über Brükkenbau zu promovieren, kam aber begreiflicherweise erst nach dem Kriege dazu. Zwei Pioniere in der Gaststube! Nun würden sie nach Herzenslust fachsimpeln und Erlebnisse austauschen können. Genau das befürchtete seine Frau, erhob sich und sagte, sie wolle sich an der frischen Luft ergehen.
»Ergehe dich, Schatz!«
Als sie durch die Türe entschwunden war, sprach er zu Achaz: »Sie retiriert immer, wenn ich Kameraden treffe. Ist auch besser so. Unsere Erinnerungen taugen nicht

unbedingt für zartbesaitete Frauen.« Worin ihm Achaz hundertprozentig beipflichtete, auch wenn er persönlich von der zarten Besaitung der Frauen nicht überzeugt war.
Wir aber, lieber Leser, wollen es mit Schatzi halten und die alten Krieger für eine Weile sich selbst überlassen. Sonst langweilen wir uns auch noch bei der Schilderung ihrer Ruhmestaten an der unteren Donau, am mittleren Dnjepr und der oberen Wolga, auf den Schlachtfeldern von Nisibis und Woronesch. Erkundigen wir uns lieber, was sich inzwischen bei der Polizei tat!

Inspektor Wichtig grübelte. Zweifel an seinen Zweifeln beschlichen ihn. Gar so harmlos, wie sie ihm vorhin erschienen, waren seine unfreiwilligen Gäste womöglich doch nicht. Sie hatten sich endlich bequemt, ihre Decknamen und ihre Herkunft preiszugeben. Alle stammten sie aus Ländern, die durch Aktionen krimineller Vereinigungen, sogenannten Befreiungsbewegungen oder religiöser Fanatiker in letzter Zeit wiederholt erschüttert wurden, lediglich die IRA und die ETA waren dabei nicht vertreten.
Noch einmal überprüfte er seine Aufstellung.

1. Christophorus	Palästina	PLO?
2. Erasmus	Syrien	Schiite?
3. Blasius	Armenien	Armenische Befreiungsfront?
4. Georg	Kappadokien (heutige Türkei)	Graue Wölfe o. ä.?
5. Barbara	Nikomedien (heutige Türkei)	Graue Wölfe (auch kurdische ERNK möglich)?

6. Margareta	Antiochien (heutige Türkei)	Graue Wölfe (auch kurdische ERNK möglich)?
7. Pantaleon, Dr.	Nikomedien (heutige Türkei)	Graue Wölfe?
8. Vitus	Sizilien	Mafia?
9. Eustachius	Kampanien	Camorra?
10. Cyriakus	Rom	Brigate rosse?
11. Dionys	Frankreich	Action directe?
12. Ägidius	Frankreich	Action directe?
13. Katharina	Ägypten	Moslem-bruderschaft?
14. B. Neumann	Deutschland	RAF?

»Krummfiedel, was meinen Sie dazu?«
»Ganz überzeugend – abgesehen von der Nummer 13. Eine Frau als Moslembruder? Da hab ich biologische Bedenken. Oder sind die Weiber am Nil noch emanzipierter als bei uns?«
Sein Spott ärgerte Wichtig. Er wechselte das Thema. »Was ergibt die Untersuchung des Motorseglers?«
»Ein hierzulande völlig unbekanntes Modell. Der Name der Firma deutet zwar auf Israel. Kerubim & Serafim. Ist aber vermutlich eine Irreführung. Ich tippe eher auf Teheran oder Tripolis.«
»Da habe ich wiederum technologische Bedenken. Doch warten wir, bis die Spezialisten vom Landeskriminalamt eintreffen. Die müßten doch längst da sein!«
Die waren auch da, aber nur im Polizeifunk. Und tobten in jenem energischen Ton, der Süddeutschen so leicht auf die Nerven geht: »Mann Gottes, holen Sie uns mal raus! Wir stecken hier mittenmang in einem Rübenacker unweit – wie heißt das Kaff, Gscheidle? – jawohl, Mainklein, ausgerechnet Mainklein! Haben

stante pede aus Kulmbach Hilfe angefordert, muß aber selbst havariert sein. Überhaupt, was man hier so sieht, tolles Chaos, sag ich Ihnen! Das Grausen packt einen – krrssccch – haben Sie das gehört? Mann Gottes, haarscharf an den Leitplanken entlang ... Machen Sie mal ein bißchen fix!«

»Keine Sorge«, versuchte Inspektor Wichtig den aufgebrachten Herrn vom Landeskriminalamt zu beruhigen, »ich schicke sofort Nummer 3 nach Mainklein.«

»Wetten, daß der nicht durchkommt?«

»Warum denn nicht?«

»Mann Gottes, wissen Sie denn nicht, was los ist?«

Inspektor Wichtig wußte es noch nicht. Streifenwagen Nummer 3 spürte es bald. Mit Blaulicht und Sirenenton raste er Richtung Kulmbach, an mindestens einem Dutzend frischer Autowracks vorbei, bremste leider zu scharf, als er den Wagen des Landeskriminalamts erblickte, geriet ins Schleudern und landete im Maisfeld – auf der anderen Seite der Straße. Die Flüche des gehobenen Dienstes lassen sich nicht wiedergeben.

Hundertprozentig druckfähig sind allerdings jene Verwünschungen auch nicht, die der heilige Knabe Veit ausstieß, als er kurz nach seinem zweiten Verschwinden wieder im Gefangenensaal erschien. Der Traum von der Befreiungsaktion war ausgeträumt. »Dieser Mistkerl, dieser Schlappschwanz, dieser Hosenscheißer«, schimpfte Veit. »Ich kurier diesem Kuno sein Leiden zum Freundschaftspreis, und er kriegt die typischen Anfälle einer deutschen Beamtenseele, zittert nachträglich vor der eigenen Courage und hält nicht mehr, was er hoch und heilig versprochen hat. Er zweifelt sogar an meiner Identität und nennt mich einen Hochstapler.

Eins schwör ich euch: Ich bin nicht mehr so dumm und sage, wer ich bin! Aber die Rache folgt auf dem Fuße!«
Eustach fragte, ob sich Kunos Leiden nun wieder einstellen werde.
»Ganz so grausam bin ich nicht, General. Ich spreng ihn nur jede Nacht zweimal aufs Töpfchen. Vielleicht ruft er mich eines Tages doch noch an.«

Sie redeten sich schon seit einer Stunde mit den Vornamen an, Achaz und Waldemar, hatten sich den Arm über die Schulter gelegt, jeden Brückenschlag über die Donau, den Dnjepr oder den Euphrat mit einem süffigen Schluck gefeiert. Waldemar Tausendpfund zweifelte nicht mehr daran, daß sein neuer Freund ein echter heiliger Nothelfer war. So viele Einzelheiten über den Brückenbau zur Kaiserzeit und über die Feldzüge im armenischen und syrischen Grenzgebiet konnte nur ein hochspezialisierter Archäologe oder ein leibhaftiger alter Legionär besitzen. Ein Wissenschaftler aber war der biedere Zenturio bestimmt nicht. Also zahlte ihm Tausendpfund zum Beweis dafür, daß er an ihn glaubte, die ganze stattliche Zeche.
Achaz dankte ihm mit einem kräftigen Handschlag.
Plötzlich hielt er die Hand ans Ohr. »Hörst du was?«
»Den Regen halt.«
»Nein, Stimmen. So eine Art Gesang! Ich meine sogar, es ist lateinisch.«
»Ach, Achaz, nach der fünften Halben klingt vieles wie lateinisch.«
»Nein, nein! Ich versteh sogar, was sie singen. Sancte Achati, audi nos! Wahrscheinlich brauchen sie mich jetzt doch bei ihrer Konferenz.« Er gürtete sich das Schwert um, etwas schief, und erhob sich, etwas müh-

sam. Auch Tausendpfund stand auf und reichte seiner Frau den Autoschlüssel.
»Um Himmels willen, Sie wollen doch jetzt nicht wegfahren«, sagte die Wirtin. »Herr Professor, warten Sie noch! Auf den Straßen scheinen alle Teufel losgelassen. Der Rundfunk bringt nur noch Verkehrsdurchsagen, und was für schlimme.« Sie schaltete das Radio ein: Auffahrunfälle zwischen Bamberg und Forchheim, Massenkarambolage bei Bayreuth, zehn Kilometer Stau vor Coburg, Hagelschauer, Nebelbänke, Stromausfall bei Verkehrsampeln, schon über dreihundert Schwerverletzte, zum Glück noch keine Toten...
»Was ist da los? Erdstrahlen? Ein zweites Tschernobyl? Alle Autofahrer können doch nicht zur selben Zeit besoffen sein«, sagte Waldemar.
Achazens Kopf wurde plötzlich von einer Art Blitz umflammt, er packte Tausendpfund am Arm: »Komm mit hinüber in die Kirche, Kamerad!«
Sie eilten ins Freie. Das Hauptportal war geschlossen. Sie stolperten die große Treppe wieder hinunter und rannten zum Seiteneingang. Der war noch offen, aber die Kirche war leer. Nur eine Reinigungsfrau kehrte mit einem gewaltigen Besen die Hinterlassenschaften der Touristen zusammen und summte vor sich hin: »The rain in Spain stays mainly in the plain.«
»Da hat der Böse seine Hand im Spiel«, sagte Achaz ernst. »Dort im Querschiff müßten meine dreizehn Freunde sitzen und über Arbeitsbeschaffungsmaßnahmen beraten. Es sitzt aber niemand mehr dort. Und die Funkanlage ist gleichfalls verschwunden. Welcher Teufel spielt uns diesen Streich?« Er riß das Schwert aus der Scheide. »He, Weib!« herrschte er die Besenschwingerin an. Sie erschrak zu Tode und erstarrte wie das Kaninchen vor dem Blick der Schlange.

Tausendpfund mischte sich ein. »Liebe Frau, dieser Herr sucht eine Gesellschaft von dreizehn Personen, die sich eigentlich noch in der Kirche aufhalten müßte.«
Die Frau versicherte, an allen Gliedern zitternd, sie arbeite seit einer Stunde in der Kirche und habe niemanden hinein- und hinausgehen sehen.
»Dann hat man sie überfallen und fortgeschleppt!« stieß Achaz hervor. »Zu einer neuen Marter!«
Tausendpfund versuchte ihn zu beruhigen. Er möge doch nicht gleich das Schlimmste denken; vielleicht statteten sie den Franziskanern nebenan einen Höflichkeitsbesuch ab. Eigentlich gehöre sich das, schließlich hüteten sie seit über hundert Jahren das Heiligtum.
Die Vermutung überzeugte Achaz. »Also auf«, kommandierte er nach kurzer Denkpause, »zu den Franziskanern, marsch, marsch!«
Und nun treten wir kurz vor dem Ende unserer Geschichte noch ins Kloster ein.
Die Franziskaner von Vierzehnheiligen werden diesen Sommerabend kaum vergessen und dick in den Annalen anstreichen. Es begann mit dem Besuch von Bruder Pythagoras. So hieß er natürlich nicht; er war überhaupt kein Ordensbruder mehr – nach wenigen Jahren Probezeit hatte er die Kutte des heiligen Franz wieder abgelegt und war in die Welt zurückgekehrt, wie man so schön sagt. Noch lieber kehrte er aber zuweilen in das Kloster zurück und ließ sich gern als verlorener Sohn bewirten. Er zählte zu den ewigen Junggläubigen, die sich auf jeder Spielwiese spiritueller Moden tummeln, von Astrologie bis zur Gruppendynamik, von Zen bis zu New Age, zur Zeit liebäugelte er mit der Seelenwanderung – daher der Name Pythagoras. Doch bei aller Phantasterei war er ein guter Kerl, und seine früheren Mitbrüder unterhielten sich recht gern mit ihm.

Der zweite Besuch bestand aus dem jungen Polizisten Herbert mit der Hirschkuh an der Hundeleine. Pater Guardian scherzte, nun sei für den verlorenen Sohn auch das Mastkalb zum Schlachtfest geliefert. Doch damit fand er bei den Mitbrüdern wenig Zustimmung. Bruder Lazarus schlug vor, es im Klostergarten äsen zu lassen oder, falls das nicht möglich sei, es dem Wildpark in Tambach anzubieten.

Die zweite Möglichkeit dünkte dem Guardian die bessere von beiden. Doch da stieß er auf den leidenschaftlichen Protest des Pythagoras. »Brüder«, begann er emphatisch, »dieses Wesen hat euch Gott geschickt. Es wurde an geweihter Stätte gefunden und euch, den Geweihten, anvertraut. Ihr solltet ein Zeichen des Himmels darin erblicken. Denkt an den heiligen Ägidius, einen eurer Nothelfer. Gewann er nicht in einer Hirschkuh eine wahre Freundin, die ihn labte und erquickte in der Einsamkeit? Und ihr wollt sie schlachten oder in den Touristenzoo abschieben? Schaut ihr tief in die Augen – erinnert sie euch an niemanden? Wer garantiert euch denn, daß in diesem schlanken Hirschkörper nicht eine Seele verbannt ist, die sich – vielleicht an dieser Stätte – einmal schwer versündigt hat, ein früherer Mitbruder, Guardian oder gar Ordensgeneral?«

Die meisten Brüder schienen nicht sehr beeindruckt, sie schmunzelten amüsiert; der Guardian meinte trocken, da es sich um eine Hirschkuh handle, müsse man sich wohl eher sündiger Oberinnen und Äbtissinnen erinnern.

Damit rüttelte er am wackligsten Stein in Bruder Pythagoras' Reinkarnationsgebäude: dem Geschlechterwechsel bei der Wiedergeburt.

Wer fränkische Franziskaner kennt, kann sich vorstellen, welch lustiger Redestreit jetzt entbrannte, durch

starken Kaffee und ein Gläschen Obstler zusätzlich geschürt. An den unschuldigen Anlaß, die arme Hirschkuh, dachte keiner mehr, bis sie in typischer Protesthaltung ihre Losung auf den Teppichboden kullern ließ. Auch der dritte Besucher platzte unvorhergesehen in die fröhliche Runde: Sankt Achaz. Der Pförtner hatte ihn nicht aufhalten können; nun stand er, schweratmend, das Schwert schwingend wie der Cherubim am Paradiestor, auf der Schwelle, seine Augen sprühten.

Erschrocken fuhr der Guardian hoch: »Wer sind Sie, Mann?«
»Ich bin Sankt Achaz, der Märtyrer vom Berge Ararat«, stieß er mit schwerer Stimme hervor, »und dahinten stehen meine 10000 Kameraden.« Dabei zeigte er mit der Schwertspitze auf Professor Tausendpfund.
Ehe die anderen Atem schöpften, jubelte Bruder Pythagoras: »Mann, Sie sind der Beweis für meine Theorie!« Und er faßte ihn am Arm.
Achaz schüttelte ihn ab. »Ich bin kein Beweis«, knurrte er. »Ich bin der Märtyrer vom Ararat, und dahinten stehen meine 10000 Kameraden. Und ich frage euch: Wo habt ihr meine Freunde versteckt, die dreizehn Nothelfer?«
Der Guardian verzichtete darauf, mit Vernunft etwas auszurichten, und eilte ins Büro zum Telefon. Das war ja das reinste Narrenhaus!
Da erblickte Achaz die Hirschkuh und die Hirschkuh Achaz. »Nanni! Bist du allein übriggeblieben?« Er beugte sich über das Tier, das ihm entgegenlief, und streichelte ihm zärtlich über die Flanken.
»Das Tier erkennt ihn. Was hab ich gesagt!« rief Pythagoras triumphierend.
»Unsinn hast du gesagt«, raunzte Bruder Barnabas, »welcher Märtyrer wird eine Ex-Oberin streicheln!«
Nun fühlte sich Professor Tausendpfund zur Zeugenschaft gefordert. »Meine hochwürdigen Herren«, sprach er, »gestatten Sie mir, mich vorzustellen: Tausendpfund, Professor emeritus, Ordinarius für Bauingenieurwesen, Spezialgebiet Brückenbau. Im Krieg wurde ich zu den Pionieren eingezogen. Auch dieser mein Freund, Achatius oder auch Akakios genannt, war Pionier, allerdings nicht im zweiten Weltkrieg, sondern unter Kaiser Diokletian, Zenturio in der 2. isaurischen Legion, Teil-

nehmer an den Feldzügen gegen die Sarmaten, die Perser und arabische Stämme. Wir unterhielten uns mehrere Stunden lang – ein Fachmann mit dem anderen. Ich erlaube mir hinzuzufügen, daß ich neben meiner Tätigkeit als Ordinarius mich privatim hauptsächlich mit antiker Brücken- und Straßenbautechnik beschäftige, die in der römischen Kaiserzeit bekanntlich ihre Blüte erlebte. An archäologischen und literarischen Zeugnissen fehlt es nicht, doch sind wir in vielem auf Vermutungen angewiesen, gerade was zum Beispiel die Strada Diocletiana betrifft. So bezeichnet man den Limes, der zur Abwehr arabischer und persischer Angriffe von Diokletian zwischen Euphrat und Tigris errichtet wurde. Er bestand hauptsächlich aus einem Straßensystem, das schnelle Truppenverschiebungen erlaubte, und einigen Kastellen. Über die Lage dieser Militärstationen, die Stärke der Mannschaften, das Reglement, die Strafaktionen in Zebdikene und Rehimene, den Bau des Lagers der Flavischen Legion in Sura, die Sicherung der Euphratübergänge und vor allem über die Eroberung von Nisibis weiß Achaz so viele Einzelheiten, daß sämtliche Fachleute der Welt vor Neid erblassen müßten. Ich könnte beinahe meinen«, und da lächelte Tausendpfund, »er habe mein Buch über Diokletians Ostpolitik gelesen.«
»Wahrscheinlich hat er es auch«, sagte Bruder Barnabas.
Tausendpfund lächelte abermals. »Das war leider nicht möglich. Das Buch existiert erst zur Hälfte – in meinem Kopf. Jetzt werde ich es übrigens umschreiben müssen, nach den Auskünften dieses Augenzeugen. Ich werde mich in aller Form auf seine Aussagen berufen; denn ich glaube an seine Echtheit, übrigens« – und er lächelte ein drittes Mal – »mehr als an seine Heiligkeit. Denn, nichts für ungut, Kamerad Achaz, als Soldat warst du

das, was man einen Windhund nennt, und ohne deinen glorreichen Martertod ...«
»Schmorte ich womöglich in der Hölle, Waldemar. Das gebe ich gerne zu. Aber es geschehen halt Wunder«, sagte Achaz, »ob wir wollen oder nicht.«
»Das nenn ich ins Schwarze getroffen. Wunder geschehen, ob wir wollen oder nicht. Für mich ist es das Wunder, daß wir uns hier begegnet sind, der Augenzeuge und der Historiker. Wie das möglich ist, darüber zerbreche ich mir den Kopf nicht. Das überlasse ich euch Theologen. Doch ihr dürftet eigentlich damit keine Schwierigkeiten haben. Sind Wunder nicht euer tägliches Brot?«
Die Minderbrüder schwiegen betreten. Einerseits hatte dieser emeritierte Professor recht, andererseits waren sie nicht mehr Kinder des wundergläubigen Mittelalters, sondern durch alle Waschanlagen der Aufklärung hindurchgelaufen.
»Alles schön und gut«, sagte Bruder Lazarus, »es mag Gottes Wille gewesen sein, daß Sie beide zusammengetroffen sind und Sie Ihr Buch vollenden können. Aber was will eigentlich dieser – Nothelfer bei uns?«
»Ganz einfach: er sucht die anderen dreizehn.«
Sämtliche Franziskaner sprangen gleichzeitig von den Stühlen. »Wollen Sie damit sagen, daß alle vierzehn ...«
»In Vierzehnheiligen sind, jawohl, oder zumindest dort waren. Sie sind nämlich spurlos verschwunden, und wir dachten, sie seien bei euch zu Gast. Heilige und Klosterbrüder, das paßt doch gut zusammen, oder?«
»Heilige ...«, bemerkte Bruder Barnabas verschmitzt und blinzelte zu Pythagoras hinüber. »Heilige sind selten bei uns zu Gast, Sünder öfter.«
Achaz war dem Gespräch wortlos gefolgt, hatte sich mehrfach am Kopf gekratzt, wie immer, wenn er ange-

strengt nachdachte. »Wenn sie nicht hier im Kloster sind und nicht in der Kirche, dann wurden sie entführt oder verschleppt. Warum, weiß ich nicht. Feinde haben wir genug. Doch man hat auch die Funkanlage des heiligen Christophorus konfisziert, er darf sie nicht mehr bedienen, verstehst du, Waldemar? Und weil er seinen Klienten nicht mehr helfen kann, rast ein Auto in das andere. Ja, schaut nicht so verdattert! Schaltet lieber mal diesen Quasselkasten an, dann gehen euch die Ohren über!«
»Tut, was er wünscht«, sagte Professor Tausendpfund, »dann kriegt ihr den Beweis frei Haus geliefert.«
Die Minderbrüder blickten zum Guardian, der wieder ins Zimmer trat. Das Telefongespräch hatte ihn offenbar nachdenklich gestimmt.
Die Lichtenfelser Polizei hatte ihm erklärt, man habe tatsächlich vierzehn angebliche Nothelfer verhaftet; die säßen im Keller und sängen unaufhörlich: Sancte Achati, salva nos!
Er schaltete das Radio ein. Bayern 3. Keine Musik mehr, nur noch Warnungen an die Autofahrer vor Nebel, Aquaplaning, Stau, Auffahrunfällen, Geisterfahrern, als spielten sämtliche Verkehrsteilnehmer verrückt. Das kapiere, wer mag. Und dazu die unerschütterliche Überzeugung des Professors für Brückenbau und das grundehrliche, wenn auch ein bißchen vom Bier und mehr noch vor Empörung gerötete Gesicht des angeblichen Märtyrers. Grund genug, nochmals die Polizei anzurufen. Er verließ das Zimmer erneut und ging zum Telefon.
Achaz rief hinter ihm her: »Sagen Sie diesen Nachtwächtern, wenn sie meine Freunde nicht freiließen, sprengen wir ein paar Brücken in die Luft.« Und zu Waldemar: »Das schaffen wir doch noch, oder?«

Tausendpfund schlug ihm kräftig auf die Schulter: »Pioniere wie wir zwei schaffen alles – nur diese Brüder bekehren wir nicht.«
Den Franziskussöhnen wurde unheimlich zumute. Filme über außerirdische Existenzen hatten zwar die meisten von ihnen schon gesehen. Doch jetzt einen Überirdischen hautnah zu erleben, mit ihm am selben Tisch zu sitzen, vom selben Kuchen zu essen, vom selben Kaffee zu trinken, war eine durchaus neue, umstürzende Erfahrung.
Für Pythagoras allerdings nicht. Die körperliche Wiederkehr eines ausgewachsenen Märtyrers entsprach zwar nicht seiner Theorie, möglicherweise war sie eine singuläre Variante. Doch wer weiß, vielleicht war seine Seele seit dem Jahre 307 schon mehrfach in andere Körper geschlüpft. Und er fragte ihn danach.
Sankt Achaz brach in Gelächter aus. »Als Droschkengaul vielleicht oder als Sellerieknolle? Nein, Bürschlein, nicht einmal als Franziskaner. Doch Spaß beiseite! Du kommst mir verdammt bekannt vor. Im Perserfeldzug, kurz vor der Schlacht bei Nisibis, hast du da nicht meinen Weg gekreuzt? Anno 301?«
»Anno 301! Ihr meint wirklich? Als was, wenn ich fragen darf, anno 301!«
»Als Esel, mein Lieber!«
Da lachten alle Franziskussöhne herzlich und vergaßen ganz, daß ein Überirdischer unter ihnen saß.

Derselben Möglichkeit mußte allmählich Inspektor Wichtig ins Auge sehen. Noch schloß er zwar messerscharf, daß nicht sein kann, was nicht sein darf (er hatte wohl doch Christian Morgenstern gelesen), aber das zweite Telefongespräch mit dem Guardian von Vier-

zehnheiligen drohte den eisernen Panzer seiner Logik zu durchlöchern. Wenn es nun doch sein durfte? Einerseits war es völlig absurd, andererseits gab es keine Absurdität, die heutzutage nicht möglich war.
Er teilte Sauerbier und Krummfiedel seine Zweifel mit. Sauerbier meinte: »Wie wir's machen, machen wir's falsch. Entweder lacht die halbe Welt über uns, oder es straft uns der Himmel. Gibt es denn niemand im ganzen Land, der uns von den Zweifeln erlöst? Ich würde den Papst anrufen, wenn ich polnisch könnte.«
»Nach Canossa gehen wir nicht«, zitierte Wichtig einen großen deutschen Reichskanzler.
»Das ist eine Idee«, frohlockte Krummfiedel. »Nicht den Papst, aber einen Bischof. Wo kriegen wir nur auf die Schnelle einen Bischof her?«
Sauerbier lachte gequält. »Da drin sitzen drei mit der Mitra auf dem Kopf. Frag die! Der Kopflose wirkt absolut überzeugend.«
»Das wäre eine Möglichkeit, aber sitzt in Bamberg nicht ein Erzbischof?«
»Ein Erzbischof sitzt nicht, ein Erzbischof thront, leider zur Zeit nicht in Bamberg, sondern, wie es vorgestern in der Zeitung stand, auf irgendwelchen Alpengipfeln«, sagte Sauerbier.
»Trotzdem, versuchen wir's in Bamberg. So etwas wie eine Stallwache müssen die doch haben, falls irgendwas Ungewöhnliches passiert.«
»Zum Beispiel ein Wunder.«
Gesagt, getan. Nach einigen Anfragen bei den unrechten Stellen erreichten sie telefonisch endlich die »Stallwache«, Prälat Frömmlich (um die Identifizierung zu erschweren, wurde ein Deckname gewählt). Er hörte sich die etwas wirren Darlegungen des Inspektors an, ohne Zwischenfragen zu stellen, und antwortete dann: »Ad

primum. Auswärtige Bischöfe müssen prinzipiell beim zuständigen Ortsordinarius, in diesem Falle dem Erzbischof, anfragen, wenn sie in dessen Jurisdiktionsbereich pontifikale Funktionen ausüben wollen. Eine derartige Anfrage ist in den letzten Tagen nicht erfolgt. Ad secundum. Über die Möglichkeit einer Wiederkehr von Heiligen auf diese unsere Erde schweigt sich der CIC – das Gesetzbuch des kanonischen Rechtes – aus. Ähnlich gelagerte Fälle sind uns aus jüngster Zeit nicht bekannt. Allein, bei Gott ist nichts unmöglich. Lukas eins siebenundvierzig.« Persönlich gebe er dem Inspektor den Rat, sich an das Institut für Parapsychologie in Freiburg im Breisgau zu wenden.

Damit konnten die Polizeibeamten wenig anfangen. Es gab nur eine Chance, sie von den Zweifeln zu befreien. Der Guardian hatte sie dem Inspektor empfohlen, doch der schreckte bislang davor zurück. Es schien pure Narretei, doch jetzt mußte er's riskieren. Er gab Befehl, ihm noch einmal Christophorus vorzuführen und seine Funkanlage ins Büro zu bringen.

Christophorus wirkte mürrisch und sagte, indem er von oben auf den kleinen Inspektor herunterblickte: »Sind Sie inzwischen zur Einsicht gelangt?«

»Was heißt hier Einsicht? Sie allein sind schuld!«

»Den Vorwurf gebe ich postwendend zurück.« Er wandte sich zum Gehen.

»Halt, bleiben Sie! Wenn Sie tatsächlich derjenige sind, der Sie zu sein behaupten, so wissen Sie, was sich auf den Straßen abspielt.«

»Das von Ihnen verschuldete Chaos!«

»Wieso von mir?«

»Sie ließen uns verhaften und einsperren, sie hinderten mich an meinen Hilfeleistungen.«

»Auf Anweisung der höheren Dienststelle, vom Polizeipräsidenten in Bayreuth persönlich«, wehrte sich Wichtig.

»Dann soll der auch Schadenersatz bezahlen, einige Millionen, schätze ich. Blechschäden, Krankenhauskosten – kaputte Leitplanken, was halt so alles zusammenkommt. Ihrer erhofften Beförderung wird es allerdings kaum dienlich sein.«

Inspektor Wichtig biß sich auf die Lippen. »Stoppen Sie das Chaos, bitte!«

Krummfiedel hauchte noch ein verstohlenes »Bitte für uns!« in den Raum.

Christophorus schob ihn beiseite und setzte sich ans Funkgerät. Unmutig schüttelte er den Kopf. Was hatten diese Stümper angerichtet! Kontakte umgesteckt, falsche Tasten gedrückt, gespeicherte Daten gelöscht, Programme durcheinander gebracht. Er seufzte: »Oh, diese Polizei, dein Freund und Helfer!«

Es dauerte einige Minuten, bis die Anlage wieder funktionstüchtig war. Er zeichnete ein Kreuz in die Luft (Krummfiedel machte es nach), sprach »Ergo procedamus«, krempelte die Ärmel hoch und nahm seinen Nothelferdienst wieder auf. Die Polizisten lauschten den Anweisungen, die er in paradiesischer Gelassenheit erteilte, mit angehaltenem Atem.

Hier lenkte er einen Ermüdeten auf den nächsten Parkplatz, dort warnte er vor Aquaplaning und einer Ölspur, dirigierte Angeheiterte auf stille Nebenstraßen, entwirrte ganze Staus, drosselte die Raser und brachte Geisterfahrer zur Besinnung. Nur die Notsignale des Chauffeurs des Landeskriminalamts und des Bayreuther Polizeipräsidenten ignorierte er.

Inspektor Wichtig kam sich vor wie ein Kiebitz bei der Skatweltmeisterschaft oder als schaue er dem Weltgeist über die Schulter (falls er Hegel gelesen haben sollte). Er zitterte vor Aufregung, als er sich zehn Minuten später bei der Straßenpolizei nach der Verkehrslage erkundigte. Und als man ihm sagte, das Chaos auf den Straßen habe sich überraschenderweise binnen weniger Minuten beruhigt, wäre er vor Scham am liebsten unter den Inspektorsessel gekrochen. »Gerechter Gott«, stammelte er, »wie ist so was möglich? In was für Zeiten leben wir denn?«

Krummfiedel wußte die Antwort: »In Zeiten, die Heilige brauchen.«

Christophorus hob für einen Augenblick den Kopf. »Ist jetzt der Beweis geliefert, Herr Inspektor?«

Wichtig nickte nur.

»Dann laßt gefälligst meine Freunde frei. Oder ich fordere eine Legion von Engeln an!«

Abwehrend streckte Wichtig die Arme aus. Jetzt bloß nicht auch noch Engel!

Was sollte er tun? Er beriet sich mit Sauerbier. Vom Polizeipräsidenten war nichts zu sehen und zu hören, vom Landeskriminalamt ebensowenig. Es blieb keine andere Wahl, als den Regierungspräsidenten anzurufen und um eine rasche Entscheidung zu ersuchen. Der heilige Christophorus wäre kaum zu bestechen, seinen Nothelferdienst weiterzuführen, wenn seine Freunde nicht freigelassen würden. Schaute er nicht argwöhnisch herüber? Mit dem Manne war offensichtlich nicht zu spaßen.

Meistersinger, dritter Akt. Beckmesser, von Hans Sachs beim geistigen Diebstahl ertappt, warf ihm gerade vor:

»Daß ihr mit aller Biederkeit
der ärgste aller Spitzbuben seid«,

als eine der blauberockten Türschließerinnen in die Mittelloge trat und auf dem Umweg über die potentiellen Nachfolger den Landesvater auf den Gang bitten ließ. Dort wartete der Regierungspräsident persönlich, diesmal ohne Venus im Schlepptau, und teilte ihm aufgeregt Wichtigs neueste Erkenntnisse mit. Die Terroristengefahr sei beseitigt, das Nothelferproblem aber noch nicht gelöst.

»Nothelfer?« Der Landesvater wunderte sich. »Meinen Sie etwa die vierzehn Nothelfer von Vierzehnheiligen?«

»Eben die, Exzellenz.«

»Zum Kuckuck, was haben die mit den Terroristen zu tun?«

»Eben gar nichts, Exzellenz. Die Polizei in Lichtenfels schwört, daß die angeblichen Terroristen harmlose Leute sind – Heilige, wenn man ihnen glauben darf.«

»Heilige!« Der Landesvater lachte herzlich. »Hab ich das nicht vorausgesagt?« (Er hatte es nicht.) »Leibhaftige Heilige also! Nun nichts wie hin, als Landesvater muß ich sie wohl begrüßen!« Wem hatte er nicht schon alles die Hand geschüttelt: würdigen, nichtswürdigen, hochwürdigen und unwürdigen Persönlichkeiten, Heiligen aber noch nie. »Besorgen Sie mir schnellstens einen Wagen!«

Der Regierungspräsident zögerte einen Augenblick und fragte dann, ob man nicht den Bundesaußenminister von dem Vorkommnis verständigen sollte. Wenn man es recht betrachte, handle es sich bei den sogenannten Nothelfern doch um eine ausländische Delegation.

»Unsinn«, fauchte der Landesvater. »Heilige gelten in Bayern nicht als Ausländer. In Bonn vielleicht. Nein, lassen Sie den Außenminister in Hans Sachsens Schusterstube, da richtet er wenigstens kein Unheil an.«

»Die Verhafteten sind also freizulassen?«

»Auf der Stelle! Oder wollen Sie Scherereien mit dem Himmel kriegen? Los, beeilen Sie sich!«
Fünf Minuten später raste der Wagen des Regierungspräsidenten mit Blaulicht voraus in Richtung Kulmbach–Lichtenfels, vorbei an Abschleppfahrzeugen, die schwer lädierte Autos aus den Gräben zogen. Unweit Mainklein stoppte ihn die Polizei. Verärgert blickte der Ministerpräsident durch die Scheibe. Neben dem kontrollierenden Hauptwachtmeister stand, mit beschmutzten Hosen und aufgeweichter Jacke, der Polizeipräsident und der Herr vom Landeskriminalamt. Der Landesvater erkannte sie nicht und schüttelte unmutig den Kopf, als ihm der Regierungspräsident zuraunte, um wen es sich handle, und fragte, ob sie die beiden nicht mitnehmen könnten. Aus allerhöchstem Munde drang ein Knurren, das man als Ja interpretieren durfte. Die Miene des Landesvaters heiterte sich aber sichtlich auf, als ihm die beiden Herren von ihren unstandesgemäßen Leiden am Straßenrand berichteten.

Während sich auf der Festwiese die Nürnberger Zünfte und ihre Meistersinger zu großem Finale versammelten, ließ Inspektor Wichtig seine Mannschaft, frisch gekämmt und mit zurechtgerücktem Schlips, vor den Nothelfern antreten, um ihnen wenigstens einen Bruchteil der geschuldeten Ehre zu erweisen. Krummfiedels Ratschlag, alle niederknien zu lassen, lehnte er ab; es gehörten ja auch Protestanten zu seinen Leuten. In wohlgesetzten Worten entschuldigte sich der Inspektor für das peinliche Mißverständnis, das nur durch eine Verkettung unglückseliger Umstände entstanden sei. Er bereue es zutiefst, würde sich am liebsten dreimal ohrfeigen (was er nicht tat) bzw. an die Brust schla-

gen (was er auch nicht tat) und bitte namens der gesamten bayerischen Landespolizei inständig um Vergebung. Er wolle gutmachen, was gutzumachen sei und sie auf dem schnellsten Wege nach Vierzehnheiligen zurückbringen, mit dem Hubschrauber selbstverständlich.
Wenn Wichtig glaubte, mit der letzten Ankündigung den Nothelfern zu imponieren, täuschte er sich. Sie verfügten über zehnmal schnellere Fortbewegungsmöglichkeiten. Doch solche überirdischen Geheimnisse verrät man keiner irdischen Polizei. Zum Schluß seiner Ansprache wagte Wichtig eine für ihn ungewöhnliche Vertraulichkeit. »Eigentlich sind wir Kollegen«, sagte er, »Sie als Nothelfer im Himmel, wir auf Erden, nur mit dem einen Unterschied: daß wir nicht heilig sind.« Am liebsten hätte er noch hinzugefügt: Gott helfe mir. Amen. Doch wer weiß, ob das in katholischen Heiligenohren nicht zu lutherisch klang.
Präsidentin Katharina dankte für die »kollegialen« Worte, gratulierte der Polizei für ihre vorbildliche Wachsamkeit, und versprach, ihnen ihren diesseitigen Übereifer im Jenseits nicht nachzutragen, allerdings unter bestimmten Voraussetzungen: Beim Rücktransport nach Vierzehnheiligen sowie der Ankunft dortselbst dürften weder Pressevertreter noch Kameraleute zugegen sein, überhaupt solle man das ganze Unternehmen Nothelfer nicht an die große Medienglocke hängen. Einzelnes werde durch die beteiligten Personen in die Öffentlichkeit dringen, doch solange sie nicht auf den deutschen Bildschirmen erschienen, werde man die Konferenz der vierzehn Heiligen eher für eine erbauliche Legende als für eine verbürgte Tatsache halten. Und das sei besser so.
Während Katharina sprach, hatte die stramme Haltung der angetretenen Polizisten nachgelassen, sie waren

schließlich keine geschulte Ehrenformation. Eustachius, Militärtribun a.D., bemerkte es stirnrunzelnd; Sauerbier wiederum bemerkte des Heiligen Stirnrunzeln und herrschte seine Männer an: »Steht gefälligst stramm, wenn Ihre Heiligkeit spricht!«

»Jawohl, Herr Polizeirat!«

Katharina lächelte liebenswürdig. »Nicht gar so strenge, werter Kollege. Ihre Männer sind müde, sie erfüllten heute mehr als ihre Pflicht.«

»Trotzdem brauchen sie nicht wie arme Sünder dazustehen, Eure Heiligkeit.«

»Aber das sind sie doch, lieber Kollege, arme Sünder.«

Sauerbier salutierte kurz und wandte sich zu den Polizisten: »Habt ihr gehört, Männer, was ihr seid?«

»Jawohl, arme Sünder.«

»Lauter bitte!«

»Arme Sünder!« hallte es durch das Polizeigebäude. Mancher hätte vielleicht lieber »arme Schweine« gerufen, doch verkniff er sich's angesichts von dreizehn echten Heiligen.

Eustachius ahnte das und sagte: »Kameraden, ihr braucht euch gar nicht zu schämen. Arme Sünder waren wir auch, alle, die wir vor euch stehen. Das ist für Christen keine Schande. Jesus kam ja, die Sünder zu berufen. Und noch eines. Laßt euch von einem Feldherrn der Kaiser Trajan und Hadrian sagen: Wenn ihr mal knöcheltief im Dreck steckt, die Schnauze voll habt und der Dienst euch zum Hals heraushängt – dann denkt an uns! Wir halten zu euch. Ruft uns einfach an, es muß nicht in Vierzehnheiligen sein! Besser als die modernen Scharlatane sind wir allemal. Und billiger! Und erprobt seit tausend Jahren.«

Die umwölkten Mienen der Angeschnauzten lockerten sich auf bei diesen feldherrlichen Worten und strahlten

jetzt geradezu. So einen Chef sollte man haben! Begeistert klatschten sie Beifall, noch bevor Sauerbier das Zeichen dafür gab.
Danach begaben sich die jenseitigen Nothelfer, von den diesseitigen in zwanglosem Spalier begleitet, zum Hubschrauber. Barbara und Georg drückten als erste den Polizisten kameradschaftlich die Hand, die anderen folgten dem Beispiel. Die Hüter des Gesetzes hatten jetzt fast alle Scheu vor den Märtyrern verloren. Nicht einmal vor Sankt Dionys schreckten sie zurück, der eigens sein Haupt auf die linke Hand umbettete, um ihnen die rechte zu reichen. Irgendwie, dachte Krummfiedel bei sich, blickt man gerne äußerlich auf jemand hinab, zu dem man innerlich aufsah.
Inspektor Wichtig hielt Christophorus zurück. »Nehmen Sie ihre Funkstation mit, Heiligkeit?«
»Die schenke ich der bayerischen Polizei. Im Himmel arbeiten wir ohne Funk und Computer, uns reichen die Gedanken. Behalten Sie also das Gerät! Eine Gebrauchsanleitung liefere ich allerdings nicht mit« (NB: Und bis heute haben es sämtliche Spezialisten offenbar noch nicht geschafft, das Gerät zu bedienen; sonst hätte sich die Zahl der Unfälle längst vermindert.)
Die Heiligen kletterten in den Hubschrauber, außerdem Wichtig, Sauerbier, Krummfiedel und der Pilot. Schon setzten sich die Rotoren in Bewegung, da wurde es auf dem Hof lebendig. Ein Polizeiauto mit Blaulicht jagte heran, hinter ihm der Wagen des Regierungspräsidenten, gefolgt von der Presse und einem Kamerateam, die längst den Braten gerochen hatten. Die Türen wurden aufgerissen, vier Herren zwängten sich aus dem Auto und eilten gestikulierend auf den Hubschrauber zu.
»Was fuchteln die so mit den Armen? Wollen die etwa mit?« fragte Veit. »Was sind denn das für Leute?«

Wichtig blickte durch die Scheibe, erkannte seine drei höchsten Vorgesetzten: Minister-, Regierungs- und Polizeipräsident. »Was das für Leute sind? Ehrlich gesagt: auch nur arme Sünder.« Und er befahl dem Piloten, vom Boden abzuheben. Dem Landesvater aber trat der Schweiß auf die Stirn.

Ein unsagbar reiner Sternenhimmel wölbte sich über dem Maintal, als der Hubschrauber in Vierzehnheiligen niederging. Auf der großen Freitreppe wartete bereits Sankt Achaz, das Schwert gezückt wie der Cherub des Paradieses, zu seinen Füßen die Hirschkuh. An den untersten Stufen hatten die Söhne des heiligen Franziskus, einschließlich Bruder Pythagoras, und das Ehepaar Tausendpfund Aufstellung genommen. Plötzlich erbrauste die Orgel von selbst und die Glocken fingen zu läuten an. Die Bewohner der wenigen Häuser merkten nichts; wahrscheinlich dachten sie, das Glockengeläut ertöne aus dem Fernsehgerät, wo eine volkstümliche Komödie gerade dem unvermeidlichen Happy-End zustrebte. So entging ihren Augen und Ohren das Größte, was Vierzehnheiligen je erlebt hatte.
Dreizehn Heilige, Opfer der Verfolgungen der Kaiser Decius und Diokletian sowie der deutschen Sicherheitsorgane, dazu der Artilleriehauptmann Balthasar Neumann und vier Polizisten erschienen vor der hell angestrahlten Basilika. Katharina drückte Inspektor Wichtig, Polizeirat Sauerbier und Hauptwachtmeister Krummfiedel die Hand. Die Hirschkuh hoppelte bellend auf Sankt Ägidius zu. Achaz gab Kamerad Tausendpfund noch einen herzhaften Schlag auf die Schulter, bevor er sich bei den Nothelfern einreihte.

Bruder Lazarus und Bruder Barnabas wollten das alte Wallfahrtslied anstimmen, doch die Rührung übermannte sie; selbst der Guardian brachte keinen Laut aus der Kehle. Dann zogen sie in die Kirche ein: der Diakon Cyriakus würdevoll an der Spitze, hinter ihm Ägidius mit der Hirschkuh, danach Doktor Pantaleon und der Knabe Veit. Auf der Schulter des Christophorus wollten Krummfiedel und Bruder Lazarus das Jesuskind gesehen haben, doch redeten ihnen später Inspektor Wichtig und der Guardian diese Wahrnehmung aus. Die drei Ritter, Eustach, Georg und Achaz, salutierten, Barbara machte das Siegeszeichen, Margareta warf Kußhändchen in die Runde, Katharina winkte akademisch huldvoll. Als letzte schritten die drei Bischöfe Blasius, Erasmus und Dionysius in die Kirche hinein. Bevor der Baumeister höchstpersönlich das Portal hinter ihnen schloß, wandte sich Dionys als der Älteste und Ranghöchste noch einmal um, segnete die Zurückbleibenden und nickte ihnen aufmunternd zu, auf seine unnachahmliche Art.